DU MAGASIN
DE
RIGOREAU, LIBRAIRE
pour les Romans
Place St. Germain et Auxerrois
N. 20

À PARIS

CLOTILDE

DE HAPSBOURG.

P. ANDRÉ , IMPRIMEUR A COULOMMIERS.

CLOTILDE

DE HAPSBOURG,

OU

LE TRIBUNAL

DE NEUSTADT;

Par Madame BARTHÉLEMY-HADOT,

Auteur des Illustres Polonais, des Mines de Mazara, des Ducs de Bouillon, etc.

TOME PREMIER.

NOUVELLE ÉDITION, REVUE ET CORRIGÉE.

A PARIS,

Chez PIGOREAU, Libraire, Place Saint-Germain-l'Auxerrois.

——

M. DCCC. XVII.

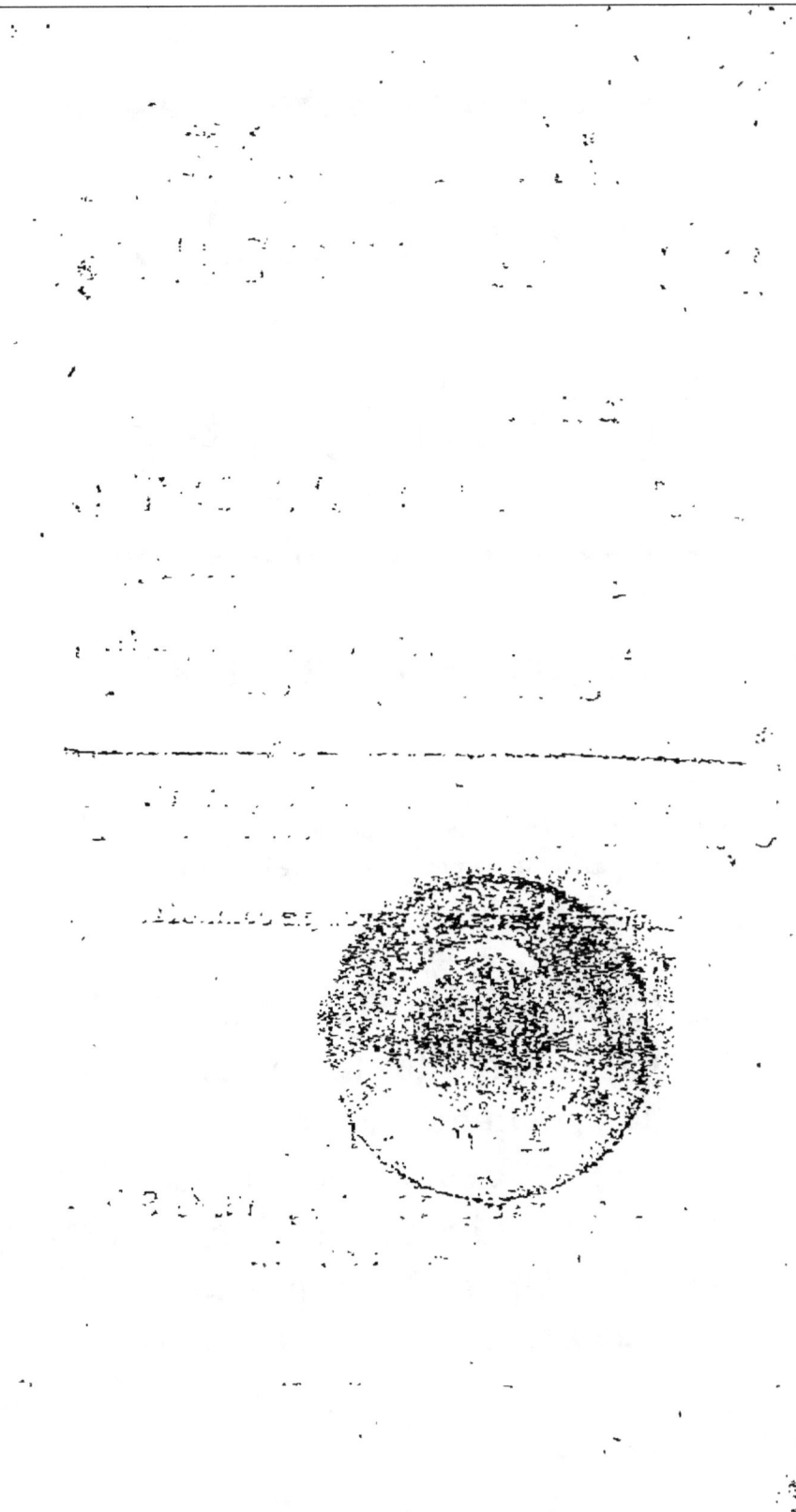

CLOTILDE

DE

HAPSBOURG.

CHAPITRE PREMIER.

La noblesse, les biens; la beauté, la grandeur,
Ne sont pas suffisans pour donner le bonheur.

B.

Les comtes de Hapsbourg, devenus la tige de la maison d'Autriche, étaient originaires de la Suisse, au canton de Berne : c'est de cette illustre maison qu'est sorti Rodolphe de Hapsbourg, qui

Tome I.   A

fut élu èmpereur d'Allemagne en 1269, tems où ce pays était dans un état déplorable, sans lois, sans police, et presque sans aucun commerce. Ce prince fit renaître dans son empire l'ordre et la sûreté, et sut y établir une constitution aussi sage qu'on pouvait l'espérer dans ces tems de barbarie. Il avait trois frères, jeunes encore, qui ne le suivirent point dans ses nouveaux domaines; ils restèrent au château de Hapsbourg sous la tutelle d'Aménaïde, leur mère, veuve à l'âge de trente ans avec six enfans, dont Rodolphe était l'aîné : elle lui prodigua tous les soins imaginables, et en fit un homme: Il s'illustra par la noblesse de sa conduite, autant que par ses talens militaires, et mérita à vingt-deux ans le titre auguste d'empereur , que les Allemands lui déférèrent : ainsi laissons-le gouverner son empire, et restons dans le château de ses pères , où là comtesse de Hapsbourg avait su réunir une cour brillante.

Aménaïde , mariée à seize ans , n'en avait pas encore quarante lorsque son fils monta sur le trône d'Allemagne.

Une noble fierté lui faisait désirer le même bonheur pour ses autres fils : mais hélas ! si elle avait pu prévoir ce que lui coûterait cette funeste ambition , son cœur maternel en aurait été épouvanté , et tous les malheurs qui lui sont arrivés n'auraient point accablé sa famille.

La comtesse fit élever Casimir
et Ferdinand , frères jumeaux ,
comme on avait élevé Rodolphe ;
Clotilde et Elisa , ses filles , donnaient d'heureuses espérances ;
et le jeune Amédée se faisait ché-
rir de tous ceux qui venaient au
château. Dans un nombre d'enfans , tous d'un caractère diffé-
rent, il est rare qu'une mère
n'ait pas quelques prédilections.
Casimir et Amédée étaient plus
aimés que Ferdinand ; Clotilde ,
l'aînée des filles, était préférée à
la charmante Elisa : ces nuances
de tendresse n'échappaient point
à ceux qui en étaient les objets.
Mais esquissons les caractères
des principaux personnages qui
doivent paraître dans le cours de
ces mémoires; et si par fois le

tableau est rembruni , n'en accusons que la faiblesse de l'humanité , qui bien souvent nous rend criminels ou vertueux , suivant les principes que nous avons reçus dans l'enfance.

CHAPITRE II.

La nature, souvent, par un de ses caprices,
Produit du même sang les vertus et les vices.

B.

CASIMIR et Ferdinand n'avaient nulle ressemblance, ni pour le physique, ni pour le moral. Le premier était despote, orgueilleux, et d'un caractère hypocrite; toute sa personne inspirait de l'effroi. Dans l'âge heureux où l'on sait captiver et plaire, on ne trouvait point en lui les grâces naïves de l'adolescence; son ame toute entière se peignait dans ses regards toutes les fois qu'il n'était point obligé de se

trouver en présence de sa mère ,
ou des seigneurs de sa cour. A peine
avait-il atteint l'âge d'homme que
ses sourcils réunis semblaient déjà
voiler son œil sombre et farouche ,
ambitieux , vindicatif , colère ; la
bonté de Ferdinand était pour
lui un reproche continuel : aussi
lui voua-t-il , dès l'enfance , une
haine implacable. Ferdinand souffrait de cettte inimitié ; et ne s'en
plaignait jamais ; sensible et ca-
ressant , il volait au-devant des
désirs de son frère , espérant vaincre par la douceur ce caractère
impérieux ; il savait se faire aimer
de tous ceux qui l'environnaient ;
sa phisionomie semblait toujours
exprimer sa pensée ; il n'en eut
jamais que l'honneur et la vertu
n'aient inspirées ; sa taille était élé-

pression touchante , un front élevé, un, regard franc , une bouche agréable, où le sourire de la candeur était venu se fixer, tel était Ferdinand à l'âge de dix-huit ans. Mais qui le croirait ? Avec tous ces moyens de plaire , il n'était pas aimé de la comtesse de Hapsbourg : qui peut définir ces caprices de la nature? Deux enfans reçoivent le jour ensemble ; le même sein les nourrit , et le cœur d'une mère peut avoir une cruelle préférence ! Cependant Aménaïde tâchait de vaincre cette prédilection malheureuse , et souvent elle s'arrachait des bras de Casimir pour voler dans ceux de Ferdinand ; mais on ne voyait point cet aimable abandon qui dénote la véritable tendresse ; elle n'y était portée que par la

crainte d'exciter entre les deux
jumeaux une jalousie qui pouvait
devenir funeste. L'aimable Ferdinand s'en apercevait, il plaignait
l'erreur de sa mère, et ne l'en ai-
mait pas moins; souvent il laissait
Casimir jouir seul des caresses, et
cherchait à se consoler par l'amitié
de la charmante Elisa, sa sœur:
Aimable et douce créature! je dois
te faire connaître. Je ne dirai point
qu'elle ressemblait à Vénus, que
les grâces avaient pris soin de la
former, que sa bouche vermeille
semblait appeler le plaisir et l'a-
mour, que ses yeux ombragés par
deux arcs d'ébène faisaient autant
de malheureux qu'il y avait d'im-
prudens qui osaient la regarder; je
laisse ces descriptions aux roman-
ciers, et je dirai simplement

A 2

qu'elle était belle sans le savoir , bonne par nature, généreuse sans ostentation : jamais un malheureux n'avait frappé son regard sans avoir été secouru ; elle savait lui éviter la honte de la demande , et son esprit pénétrant lisait dans le cœur brisé de l'indigent, dont sa main bienfaisante adoucissait les maux. Une telle ame devait parfaitement s'accorder avec celle de Ferdinand , aussi la plus parfaite union régnait-elle entre eux. Casimir en était jaloux, vingt fois il chercha les moyens de les désunir : il fut trompé dans son attente. Les rapports heureux qui existent entre les cœurs honnêtes sont difficiles à rompre , et l'amitié fondée sur la vertu résiste même à la faulx du tems.

CHAPITRE III.

O divine amitié présent de l'Eternel ,
Puissent tous les humains encenser ton autel !

B.

TANDIS que Rodolphe de Hapsbourg faisait aimer aux Allemands
la douceur de son règne , la cour
de la comtesse semblait acquérir
un nouvel éclat par la gloire dont
son fils était environné. Le méchant Casimir se livrait à sa jalousie ; il avait inspiré ce vice
honteux à Clotilde, sa sœur, dont
Aménaïde ne connaissait point
encore l'odieux caractère : ainsi
cette mère faible avait pris pour

objet de ses plus chères affections
deux enfans qui devaient un jour
la rendre la plus infortunée des
femmes. Clotilde, à vingt ans,
avait toute la perfidie de son frère;
sa figure, fortement caractérisée,
annonçait la rudesse de son ame :
fière de ses titres, elle eût voulu
seule les posséder : les respects
et les hommages rendus à la
comtesse de Hapsbourg étaient un
tourment pour elle, les attraits
naissans d'Elisa excitaient sa colère, et, comme elle ne tenait de
la nature qu'un cœur dépravé,
les charmes de la vertu ne faisaient nulle impression sur elle ;
l'aspect du malheur excitait son
indigne sourire, et l'infortuné qui
réclamait son appui n'avait à attendre que le plus profond mé-

pris : telle était la fille aînée
de la comtesse. Le crime est
affreux par-tout ; mais qu'une
femme , dont l'ame devrait être
le temple de la bonté , de la douceur, se livre à des excès ; qu'elle
dégrade ainsi le chef-d'œuvre de
la divinité ; qu'elle foule à ses
pieds tous les sentimens qui de-
vraient la faire adorer , voilà ce
qu'on a peine à comprendre ; voilà
cependant le hideux tableau que
la vie criminelle de Clotilde doit
présenter.

La comtesse Aménaïde pré-
tendait donner bientôt un époux
à sa fille bien-aimée ; et , parmi
les seigneurs qui étaient voisins
de sa cour , elle avait jeté les
yeux sur Charles de Lusignan, fils
d'Amédée de Lusignan , comte de

Savoie. Ce jeune guerrier , qui comptait presqu'autant de victoires sur les Sarrazins qu'il pouvait nombrer d'années , Lusignan, dis-je tout couvert des lauriers de la gloire , après avoir couru mille dangers dans la sixième croisade , revenait dans sa patrie , âgé de ving-cinq ans. On donna en Savoie des fêtes magnifiques pour célébrer son retour ; les fils de la comtesse de Hapsbourg y furent invités , et l'impétueux Casimir se vit obligé d'accompagner Ferdinand , son aimable frère. Ce fut pendant leur absence que Clotilde trama le plus affreux complot. La comtesse, restée au château avec ses deux filles et le jeune Amédée, voyait insensiblement diminuer l'amour de ses

vassaux , sans en connaître le motif. Toujours bienfaisante pour eux,
elle faisait ses dons sans distinc-
tion : mais elle ignorait que l'artificieuse Clotilde en empoisonnait
la source.

Un nommé Lémerik , homme
de rien , arrivé , dit-on , depuis
long-tems du fond de la Savoie ,
mais parvenu , comme tant de
gens, à force de bassesses , était
le distributeur des biens de la
comtesse ; il les répandait avec
profusion sous le nom de Clotilde,
et persécutait d'autres malheureux
sous le nom de la comtesse.
Lémerik avait gouverné l'enfance
de Casimir ; aussi ce dernier
était bien digne de lui. 'artificieuse Clotilde lui fit obtenir
la place de gouverneur de Hapsbourg.

Ce couple abominable avait ré-
solu la perte d'Elisa , et celle du
jeune Amédée ; mais la sœur de
Clotilde était jolie , et Lémerik
différa l'instant de sa mort : quant
au jeune fils de la comtesse , c'é-
tait déjà un héritier de moins ; et
dans une partie de chasse , un de
ces prétendus hasards , qui ne fut
en effet que le résultat d'un complot affreux , devait priver la malheureuse Aménaïde du plus aimable enfant.

On eût dit qu'un pressentiment
secret l'avertissait de s'opposer a
cette partie. Clotilde lui faisait
presque un crime de ses terreurs :
Que craignez-vous , madame , lui
disait-elle ? Lémerik n'accompa-
gne-t-il pas votre cher Amédée ?
Vingt fois vous lui avez permis
les plaisirs de la chasse, et jamais

vous n'avez montré tant de crainte;
si , pour les calmer , je partais
avec lui , sans doute vous seriez
tranquillisée : eh bien ! madame,
vous allez être satisfaite. Je n'é-
prouve qu'un regret , c'est celui
de vous laisser seule ; mais que
dis-je ? Elisa , la belle Elisa , vous
tiendra compagnie ; elle vous aime,
j'en suis bien certaine ; sa froideur
n'est que l'effet du peu d'énergie
de son ame , mais son cœur ne
sent pas moins tout ce qu'il doit
à vos bontés. Elle prononça ces
mots avec un sourire sardonnique;
et si la comtesse eût été moins aveu-
glée sur le caractère de Clotilde ; elle eût présumé que la
perfide avait de coupables desseins ; mais , loin de la soupçonner, elle approuva le zèle qu'elle

montrait pour Amédée , et ordonna
les apprêts de la chasse.

Clotilde , revêtue de magnifiques habits d'amazone , montait
un superbe palefroi richement ca-
paraçonné , présent que lui avait
fait l'empereur , son frère. Lémerik était à sa suite ; et le jeune
Amédée , après avoir embrassé plusieurs fois sa mère , et l'aimable
Elisa , semblait leur dire un éternel adieu. Il monte un coursier ,
qui marche entre ceux de sa sœur
et de l'infame Lémerik : c'est une
victime que l'on conduit à la mort.
L'innocent enfant prenait de tems
en tems la main de la coupable
Clotilde , la portait à ses lèvres , et
lui exprimait une amitié tendre
et sincère.

Ma sœur , lui disait-il , si tu

savais combien je t'aime ! Je don-
nerais ma vie pour toi ; mais
pourquoi n'aimes - tu pas Elisa ?
Elle est si bonne ! et cependant,
ma mère et toi , vous la traitez
avec indifférence ; presque toujours
reléguée dans son appartement ,
elle ne connaît de plaisirs que
ceux qu'elle se procure elle-même ;
la musique , la peinture , sont ses
seuls délassemens ; et , depuis que
Ferdinand est à la cour de Savoye
avec Casimir , on n'a point vu
cette sœur tant chérie placée à
côté de sa mère. Clotilde allait
lui répondre , lorsqu'on entra dans
le bois, et les piqueurs lancèrent
aussitôt un jeune cerf. Laissons-les
préparer leurs flèches ; et puisse
le jeune Amédée n'en être point
atteint !

CHAPITRE IV.

Et ne devrait-on pas , à des signes certains ,
Reconnaitre le cœur des perfides humains?

PHÈDRE , acte 4.

La comtesse , demeurée seule
dans son appartement , avait or-
donné à la sensible Elisa de retourner dans le sien. Obéissante ,
par respect pour sa mère , son
cœur souffrait ; mais , hélas ! elle
n'avait personne qui pût recevoir
sa confidence ; il fallait dévorer
ses peines , et , pour y faire diver-
sion , elle prit son luth et modula
quelques sons. Une romance , com-
posée par son frère , lui revint

à la pensée ; elle la chanta ; l'air était tendre et convenait à sa situation ; les paroles exprimaient la douleur de deux jeunes pinsons rejetés du nid qui les avait vus naître.

COUPLETS.

JOLI pinson à sa fauvette
roucoulait tant doux sentimens ;
Las ! il chantait à sa pauvrette :
Vois-tu venir joli printemps ?
A mes desirs d'aigne te rendre :
Petits naîtront pour répéter :
Comme notre père sois tendre ,
Comme lui nous saurons chanter.

Le nid se fait avec adresse ,
L'amour en paya la façon ,
Chaque jour est un jour d'ivresse ,
Couple heureux voit naître un pinson :
Mais hélas ! ô douleur extrême !
La mort brisa doux nœuds d'amour :
Faut-il perdre celui qu'on aime ,
Quand six petits ont vu le jour !

De ses petits quand la fauvette
A soigné les premiers instans,
On en voit deux qu'elle rejette ;
Ne sont-ils donc pas ses enfans ?
Si leur mère les abandonne ,
Pinsons rédiront tour à tour :
Pour notre enfance elle fut bonne ;
Ah ! n'oublions point tant d'amour.

Cependant la comtesse éprouva quelques remords d'avoir renvoyé Elisa chez elle ; elle quitte son appartement et gagne celui de sa fille, elle entend les sons harmonieux d'un instrument, elle écoute, et le dernier couplet vient frapper son oreille : les coupables se reconnaissent : la mère d'Elisa l'était réellement.

Oui, malheur à celle qui peut oublier le titre auguste qu'elle tient de la nature ! Le ciel tôt ou tard la punit cruellement, et

la comtesse de Hapsbourg ne tar-
dera pas à l'éprouver.

Elle frappe d'une manière brus-
que ; une des femmes d'Elisa vient
ouvrir , et n'est pas peu étonnée
de voir Aménaïde qui jamais ne
venait chez sa fille : celle-ci ne
put dissimuler son trouble ; mais,
cherchant à se rasssurer , elle vint
se jeter dans les bras de sa mère,
qui l'y reçut froidement : elle voulut
entendre la romance toute entière ;
la tremblante Elisa fut obligée de
la recommencer.

La comtesse désirait connaître
l'auteur des paroles ; mais lorsqu'elle sut qu'elles étaient de Ferdinand , elle versa un torrent de
larmes , et sortit de chez sa fille
aussi brusquement qu'elle y était
entrée.

Je laisse à penser combien Elisa
fut affligée : le départ précipité de
sa mère semblait lui présager de
nouveaux malheurs. Pauvre enfant!
tu n'as encore que seize ans, et
la coupe de l'infortune est déjà préparée pour toi.

Berthilie, femme douce et com-
patissante, qui ne l'avait jamais
quittée depuis son enfance, essaya
de calmer sa trop juste douleur :
Ne craignez rien, lui disait-
elle, ma chère Elisa ; votre mère
ne pourra pas toujours vous voir
avec indifférence une fois Clotilde mariée, ce qui ne peut tar-
der, vous reprendrez sur son cœur
les droits que vous méritez à si
juste titre. Depuis long-tems je suis
un témoin muet de vos peines,
mais comptez sur l'amitié de Ber-

thilie. Si vos chagrins augmentaient, vous trouveriez le cœur de votre amie toujours prêt à vous consoler.

Excellente femme ! tu igores les piéges qui sont tendus à ton élève ; ta confiance dans le coupable Lémerik pourra peut-être un jour te devenir bien funeste.

La comtesse Aménaïde , après avoir donné un libre cours à ses pleurs , finit par douter absolument de l'amitié de sa fille ; elle n'avait pour elle que de l'indifférence ; et bientôt nous verrons jusqu'où la conduira l'artificieuse Clotilde. L'absence du seul ami d'Elisa va lui servir ; et Casimir , avec lequel elle entretient une correspondance suivie , concourra lui-même à dresser contre elle un plan abominable.

Tome I. B

C'est au milieu des fêtes bril-
lantes que l'on donne au prince
Charles de Lusignan , dont toute
la Savoie admire les rares qualités,
que Casimir résout froidement la
perte des siens ; la seule Clotilde ,
objet bien digne de lui être uni ,
est exceptée de la proscription :
mais quittons un instant ce mépri-
sable Casimir , et retournons à la
forêt où nous avons vu entrer le
jeune et intéressant Amédée.

CHAPITRE V.

Celui qui met un frein à la fureur des flots
Sait aussi des méchans arrêter les complots

ATHALIE.

Il y avait à peine une demi-heure que l'on poursuivait l'hôte majestueux de la forêt ; la biche timide, arrêtée dans sa course par d'épais branchages , n'avait plus l'espoir de la fuite , et ses pleurs coulaient en abondance ; le lièvre effrayé avait quitté son terrier ; le bruit du cor , l'aboiement des chiens avaient fait taire Philomèle , et

l'amoureuse colombe n'osait pas
même soupirer; Amédée, n'écoutant que sa bouillante ardeur,
piquait son coursier et devançait
toujours les chasseurs; l'animal
poursuivi revenait toujours sur ses
pas pour se trouver en face, et
paraissait voler de lui-même au-
devant de la flèche meurtrière, qui
vingt fois siffla sur sa tête sans pouvoir l'atteindre : on eût dit qu'un
Dieu protecteur agitait les airs pour
détourner le trait homicide.

Amédé ne connaissait point tous
les détours de la forêt; en courant le
cerf, il s'égara.

Clotilde et Lémerik, ne le
voyant plus revenir, se croyaient
bien certains que la mort avait
frappé la victime qu'ils avaient dé-
vouée à ses coups; mais il fallait
retrouver ce jeune homme, le

rapporter au château , prendre le masque hideux de l'hypocrisie , et , pour convaincre la comtesse, commencer par alarmer ses gens.

Lémerik avait pensé que le malheur d'Amédée était son ouvrage; il triomphait intérieurement, lorsqu'il engagea Clotilde à faire avec lui des recherches dans le bois; mais il feignit la plus grande douleur, en avertissant tous ceux qui composaient la chasse.

Ecuyers , piqueurs , venez tous, dit - il ; votre maître , l'aimable Amédée, ne reparaît point; courons : la fatigue l'aura sans doute forcé à s'arrêter. Dieu ! je frémis : ce sanglier que nous avons blessé, qui a fui en emportant le trait fatal dans son flanc, a peut-être causé la mort du fils de la comtesse.

La coupable Clotilde fait retentir l'air de ses cris , promet la plus grande récompense à ceux qui retrouveront son frère, et part ayec Lémerik pour le même objet, mais le cœur rempli des poisons de la haine.

————

~~~~~~

CHAPITRE VI.

—————

Heureux trois fois heureux , l'habitant d'un hameau ,
Qui chante ses amours en gardant son troupeau.

B

Il était déjà nuit , toutes les démarches avaient été inutiles , on n'avait point retrouvé Amédé : il fallait rentrer au château , apprendre à la comtesse un malheur qu'elle avait semblé prévoir. Clotilde fit partir Lémerik : il arriva le premier.

A son air effrayé , à ses habits en désordre , il joignit les larmes. Mon fils ! s'écria la comtesse , en le

voyant, mon fils! juste Ciel qu'est-il
devenu?

Lémerik lui fit un récit touchant, parla de l'imprudence du
jeune homme qui l'avait porté à
s'enfoncer trop avant dans le bois,
lui peignit la douleur de Clotilde,
et comme il se croyait sûr de la
mort de sa victime, il la fit présumer à sa malheureuse mère.
A l'instant tous les gens du château
ont ordre de partir : on se heurte,
on se presse, des flambeaux sont
allumées : on part pour la forêt,
Lémerik même, l'artificieux Lémerik se met à leur tête : plusieurs des vassaux de la comtesse
de Hapsbourg se réunissent aux
habitans du château, et, le cœur
gros de soupirs, les yeux humides
de larmes, on les entend rede-

mander au Ciel un jeune enfant qui se faisait aimer de tous ceux qui savaient l'apprécier.

C'est dans ce moment que la comtesse connut l'attachement de sa fille Elisa : elle se jette dans ses bras , recueille sur son sein les larmes de cette mère qu'elle chérit , la console par un espoir flatteur qu'elle ne partage point, et passe près d'elle une nuit douloureuse , dont l'amour filial peut seul lui faire supporter les angoisses.

Où es-tu , cher Amédée ? disait en elle-même la jeune fille. Te reverrai-je un jour ? Ma mère te chérit , l'idolâtre même , tandis que je n'éprouve de sa part qu'une froideur continuelle : eh bien ! tu ne m'en es pas moins cher , et

B 2

je suis bien loin de t'accuser des maux qu'on me fait souffrir. Où est-il ? répète sans doute le lecteur avec la bonne Elisa : je vais le lui apprendre.

Le sanglier, qui avait été mortellement atteint, avait poursuivi Amédée ; ce ne fut qu'à la vigueur de son cheval qu'il dut son salut. L'animal le harcelait depuis plus d'une heure ; mais enfin, épuisé par la perte de son sang, il tomba au bout d'une des allées de ce bois spacieux. Notre chasseur, délivré de son ennemi, veut reprendre son chemin ; les détours qu'il a été obligé de faire, joints à l'obscurité, l'en empêchent. Il sort de la forêt, et se trouve dans une vaste plaine : il avance toujours ; la lune de tems en tems éclaire sa

marche , mais ne lui laisse pas apercevoir aucun asile ; des nuages
s'amoncèlent au-dessus de sa tête ;
le tonnerre gronde avec force ; la
plus profonde obscurité règne au-
tour de lui , et n'est interrom-
pue que par des éclairs effrayans.

Pauvre Amédée ! que vas-tu devenir ? Qui te tendra une main
secourable ? Il ne perd cependant
point courage : et , se confiant en
la Providence , il laisse aller son
cheval. Cependant la pluie tombe
par torrens ; l'air est en feu ; la
foudre éclate ; le coursier d'Amédée , qui jusqu'alors a paru res-
pecter son innocente vie , ne reconnaît plus la voix de son maître,
et , dans sa fougue impétueuse , il
l'emporte avec violence à plus de
trois lieues du bois.

La frayeur glace les sens d'A-
médée ; bientôt il perd connaissance ; son cheval le renverse ;
son pied resté dans l'étrier augmente encore son infortune , et ,
nouvel Hypolite , il est traîné jusqu'auprès d'un ravin où l'animal
s'arrête. La force des douleurs
qu'il éprouve le rappelle à la vie :
l'orage avait entièrement cessé ;
et le ciel brillant d'étoiles annonçait que le danger n'existait plus.

Que faire ? Où aller ? disait
Amédée, qui avait retiré son pied
de l'étrier fatal. Qui pansera mes
blessures ? Il ne pouvait avancer.
A quelques pas la lune lui fait
apercevoir un arbre ; il s'en ap-
proche , attache son coursier à
une des branches, et s'assied en
attendant le jour. Bientot le besoin de nourriture se fait sentir ;

une soif brûlante fixe sa langue
à son palais; il va retomber dans
le funeste état de faiblesse d'où
ses souffrances l'ont tiré il n'y a
qu'un instant ; un engourdisse-
ment total le saisit : son œil s e
ferme.

Ciel protecteur de l'innocence ,
vois cet infortuné privé de tout secours humain ! Le laisseras-tu périr à la fleur de ses ans ? h !
daigne lui envoyer un sommeil bienfaisant ! La mort est sur ses lèvres;
un souffle de la divinité peut encore
le rappeler à la vie.

L'aurore matinale allait bientôt
paraître ; le disque argenté de la
lune perdait de son éclat , et les
étoiles vacillantes montraient déjà
leur lumière dans une autre ré-
gion ; le laboureur Isidore , habi-

tant de Lenni , dans la vallée de Lévantine , avait réparé , par le repos , les fatigues de la veille ; il ouvre les yeux , adore son Créateur , et va reprendre ses travaux.

Tout s'agite sous le chaume ; le bœuf lent est attaché à la charrue ; la bergerie est ouverte ; le troupeau sort , et les timides agneaux vont bondir dans la plaine : Anna les suit , après avoir reçu de son père un baiser tendre , qui semble être le précurseur de la journée la plus heureuse.

Chastes filles de nos champs , que votre sort est digne d'envie ! Simples comme la nature , vos ames , pures comme elle , n'ont jamais connu le remords. L'amour filial , la gaîté , la douce bienfaisance , embellissent vos jours, et la tendresse vient , au printems de la vie , vous faire goûter le parfait bonheur.

Anna, en conduisant le troupeau de son père , chantait la romance chérie des pastourelles de la Suisse.

ROMANCE.

BERGÈRE , en gardant tes agneaux,
Garde ton cœur et ta sagesse ;
Crains que d'amoureux pastoureaux
Ne viennent tromper ta jeunesse ;
Crains plus encor un grand seigneur,
Qui te dira : Je vous adore.
La vertu ressemble à la fleur.
Qu'un souffle brûlant décolore.

Aline n'avait pas d'amant ;
Aline était vive et jolie ;
Un châtelain riche et puissant
En fit un jour tant douce amie.

Mais hélas ! plaignez son malheur ;
Tout en lui disant : Je t'adore,
Sa vertu, tout comme une fleur,
En un instant se décolore.

Aline, en proie à son regret,
Passe son printems dans les larmes ;
Sa honte n'est plus un secret,
Chaque jour voit périr ses charmes....
Pastourelles, sur son malheur
Long-tems vous redirez encore :
Aline eut le sort d'une fleur
Qu'on voit périr à son aurore.

Arrête ! jeune pastourelle ; ne
trouble point par ta voix le sommeil réparateur qui rafraîchit les
sens d'Amédée ; ne fais point un
pas de plus, ou tu foules à tes
pieds une victime de la perfidie !
Dieu ! que vois-je ? dit Anna,
un homme endormi ! fuyons ; si
c'était un méchant châtelain ; mais

non, c'est un jeune chevalier : Dieu!
du sang sur sa figure, sur ses
habits! Ah! malheureuse, comment lui donner du secours?
Je suis seule. Elle le regarde attentivement : Pauvre jeune homme!
quelle est la mère infortunée qui
t'a donné le jour? Quels sont les
barbares qui t'ont réduit à cet état
déplorable? Comme sa respiration
est agitée! Elle détache son bavolet, et sa main, légère comme
le zéphir, étanche le sang d'une
large blessure qu'il s'était faite à
la tête. Elle n'ose respirer, dans
la crainte de reveiller le malheureux, et reste agenouillée auprès
de lui.

Son chien fidèle reçoit l'ordre
de ramener le troupeau auprès
d'elle. Vous n'irez point aujour-

d'hui sur votre colline favorite, brebis innocentes, vous ne brouterez point le thym ni le serpolet qui y croissent en abondance : un devoir sacré m'ordonne de rester ici.

Le sommeil d'Amédée se prolonge, Anna voit disparaître la pâleur de ses lèvres, son cœur ne bat plus avec autant de violence, la plaie de sa tête ne saigne plus. La jeune bergère avait arraché quelques simples dont elle connaissait la propriété, et après les avoir broyées dans sa main, elle les avait appliquées sur sa blessure.

Le vent frais du matin agitait fortement l'arbre sous lequel Amédée reposait , le bruit du feuillage le réveille, il ouvre les

yeux : quel est son étonnement
en voyant Anna à genoux près de
lui ! Il veut parler ; mais les forces lui manquent entièrement.
Celle-ci court à sa panetière, lui
présente à boire, ensuite un gâteau
sec et des fruits. L'avidité avec laquelle il dévore la nourriture lui
ôte les moyens de s'exprimer ; mais,
dans son touchant regard, Anna
trouve la récompense de sa bonne
action.

Être généreux ! lui dit Amédée ;
quel dieu bienfaisant a pu t'envoyer à mon aide ? ou n'es-tu pas
toi-même une divinité revêtue
d'une forme mortelle. — Je suis
Anna, monsieur ; mon père se
nomme Isidore, et la chaumière
que vous apercevez en bas de cette
colline lui appartient ; son bon-

heur est de la partager avec les
malheureux, ainsi daignez accep-
ter mon bras; je vais vous y conduire; nous marcherons doucement. Amédée veut se lever;
mais il n'en a pas la force : le pied
qui était resté dans l'étrier au moment de sa chute lui cause des douleurs trop vives, et le mouvement
qu'il vient de faire les a renouve-
lées. Il retombe au pied de l'arbre,
ou plutôt Anna l'aide à s'y re-
placer. La jeune fille se décide à
s'éloigner de lui pour aller chercher quelqu'un dans le hameau ;
elle laisse même ses moutons à la
garde de son chien, bien persua-
dée que le Ciel les préservera de
tout accident. Prenez patience, dit-
elle au jeune homme , dans peu
d'instans on viendra vous cher-

cher : à ces mots, plus légère qu'une biche, elle disparaît avec la rapidité de l'éclair.

O douce et tendre bienfaisance ! s'écrie Amédée ! combien tu embellis encore ce sexe adorable ! Et toi, ma chère Clotilde, comme tu vas aimer celle qui vient de sauver la vie à ton frère.

Comme il se trompe, le pauvre Amédée ! Qu'il connaît peu cette sœur criminelle, dont l'indigne attente n'est point satisfaite ! Voyons-la rentrer au château avec tous ceux que la comtesse de Hapsbourg avait envoyés dans la forêt.

~~~~~~~~~~~~~~~~~~~~~~~~~~~~~~~~~~~~

CHAPITRE VII.

Il n'est pas tems encor de répandre des larmes ;
Vous apprendrez bientôt d'autres sujets d'alarmes.

ŒDIPE , Voltaire.

L'HORLOCE du château venait de sonner la onzième heure de la nuit ; personne n'était encore de retour : Elisa et sa mère , debout sur un balcon élevé en face de la route , les yeux baignés de larmes , et n'osant pas même se parler , attendaient dans un profond silence : il n'était interrompu que par des soupirs entrecoupés de sanglots. Enfin on aperçoit des flambeaux : Elisa et sa mère courent avec précipitation. Où vas-tu? mère infortunée! Tu voles au-devant du malheur, et la main qui fait couler tes pleurs s'efforcera de les essuyer pour te tromper d'une manière plus hypocrite.

Aménaïde demande son fils. Ses gens n'osent lui répondre. Clotilde et Lémerik, bien sûrs que personne ne connaît leur secret, jouent adroitement le rôle qu'ils se sont imposé. Ils feignent la plus grande consternation ; et, bien décidés à faire le lendemain toutes les recherches possibles pour s'assurer du sort du malheureux enfant, ils donnent comme certaine sa mort, qu'ils désirent. Mais d'où vient donc cette haine de Clotilde pour Amédée ? Qui donc a pu la faire naître ? L'intérêt , ce mobile qui fait agir les ames basses, et dirige toutes leurs actions.

Depuis un an un frère de la comtesse était mort ; il avait laissé un héritage immense que devait posséder Amédée ; et les clauses du testament portaient , que , s'il venait à mourir , ce bien appartiendrait de droit à la fille aînée de la maison de Hapsbourg. Lémerik , digne complice de cette femme , dont il prétendait un jour faire son épouse , avait connu toutes ces circonstances ; et c'est d'après elles qu'il avait agi.

Clotilde se jette dans les bras de sa mère ; son ame hypocrite connaît toutes les nuances de la dissimulation : elle gémit , soupire , donne par instant quelque faible lueur d'espérance, mais rien ne peut consoler la comtesse ; le coup est trop violent, la tendresse maternelle est cruellement blessée. Aménaïde ne voit plus, n'entend plus rien, elle est sans connaissance ; on la porte dans son appartement, où les soins d'Elisa, en la rappelant à la lumière, la rendent à ses malheurs.

Fille criminelle : voilà, voilà ton ouvrage.

———

~~~~~~~~~~~~~~~~~~~~~~~~~~~~~~~~~

CHAPITRE VIII.

———

Un mortel bienfaisant est l'image des dieux :
Qui sait les imiter devrait vivre autant qu'eux.

B.

AMÉDÉE , resté au pied d'un arbre,
attendait le retour de sa jeune bienfaitrice. Rustan , fidèle gardien des
moutons , avait , par ses aboiemens ,
ses tours actifs , ramené les timides
porte-laine tout auprès du blessé,
dont les douleurs étaient moins ai-
guës; sa figure avait repris toute
sa fraîcheur , et de sa main il ca-
ressait un jeune agneau accoutumé
à brouter dans celle d'Anna : s'il

était passé quelque voyageur, il aurait cru voir Apollon gardant les troupeaux d'Admète.

Une heure s'était écoulée, la bergère ne revenait point; l'œil du jeune homme mesurait l'espace qui le séparait de la chaumière : son cœur palpitait, il en ignorait la raison; il ne pensait qu'à sa bienfaitrice : il le devait par reconnaissance; mais ce qu'il éprouvait n'était pas semblable à ce qu'il ressentait pour sa mère et pour ses sœurs.

Il est donc, se disait-il, des nuances bien différentes dans l'amitié. Oh! oui, je sens que j'aimerai toute ma vie la bonne Anna.

Tout en raisonnant ainsi, il voit à côté de lui le bavolet de la bergère ; il est teint de sang, il ne doute plus

qu'elle ne s'en soit servi pour essuyer
les plaies qu'il s'est faites à la tête ,
ainsi qu'à la main. Ce nouveau
trait donne encore plus de force au
serment qu'il vient de prononcer ;
il en prend à témoins le Ciel , les
oiseaux qui gazouillent sur l'arbre ,
le chien fidèle de celle qu'il nomme
déjà son amie, ses moutons , enfin
toute la nature ; et le plus cares-
sant des agneaux en reçoit un
baiser, gage sacré de sa promesse.
Un bruit confus se fait entendre ;
Amédée regarde , et voit accourir
sa bienfaitrice avec plusieurs
paysans : un d'eux porte un brancard couvert de feuillage , il le
dépose à côté du chevalier ; bientôt
il y est placé, et ce moment offre
le triomphe de la touchante humanité , prodiguant les secours les
plus empressés.

Amédée est sur le brancard; Anna coupe des branches d'arbre , les élève au-dessus de la tête du blessé , pour le garantir des rayons du soleil: son cheval est conduit par un jeune garçon du hameau; les moutons suivent malgré eux, et regrettent la verte prairie , dont ils emportent , par-ci, par-là , quelques brins d'herbe. On va lentement; mais enfin toute la troupe arrive sous le chaume hospitalier.

~~~~~~

CHAPITRE IX.

———

L'honneur est comme une île escarpée et sans bords;
On n'y peut plus rentrer dès qu'on en est dehors.

BOILEAU.

Laissons Amédée reposer paisi-
blement sur un bon lit, et voyons
ces honnêtes habitans de la chaumière, marchant sur la pointe
des pieds, tenant leurs sabots
à la main : ils n'osent parler
dans la crainte de troubler son sommeil. Anna et sa vieille Brigide res-
tent auprès de la porte en filant
leurs quenouilles; elles sont là
comme deux sentinelles vigilan-
tes, pour en défendre l'entrée

et avertir l'estimable Isidore de ne
faire aucun bruit lorsqu'il ramènera
la charrue.

Soins délicats ! généreuse sensibilité ! vous n'êtes vraiment bien
connus que par les ames vertueuses,
et vous habitez plus souvent sous
un toit rustique que dans un superbe château.

La comtesse de Hapsbourg n'é-
tait pas heureuse dans le sien :
livrée à sa douleur , elle venait
d'ordonner de nouvelles recherches. Hélas ! le cœur de cette mère
n'a plus un moment de plaisir ; sa
tendresse est frappée dans ce
qu'elle a de plus cher : elle respire
à peine depuis qu'elle a perdu son
fils.

Avant de repartir , tous ses gens ,
excédés de fatigue avaient été

obligés de prendre du repos : Clotilde ne pouvait en goûter. Les
remords sont des ennemis qui ne
laissent aucun relâche ; une voix
secrète semblait lui dire : Renonce
à tes odieux desseins ; reviens à la
vertu ; il en est tems encore ; abandonne ce Lémerik , qui te méprise,
et ne flétris point l'antique nom
des comtes de Hapsbourg. Tu veux
souiller ta main du sang d'Amédée ! Malheureuse ! sais-tu bien ce
que c'est qu'un fratricide ? C'est
un monstre en horreur à toute la
nature : les lions et les tigres n'ont
pas sa cruauté.

Cette voix salutaire fut inutile :
le jour pointait à peine lorsque
cette furie sortit de son appartement , et se rendit dans le parc,
où son complice devait l'attendre.

Elle le trouve en effet accompagné de son écuyer, et le détermine à repartir. Si le jeune homme n'a point péri, il faut qu'il ait trouvé un asile : c'est ce qu'il doit chercher à découvrir, afin de s'en faire un mérite aux yeux de toute la famille. Vous ramènerez Amédée en triomphe, et nous voilerons, par ce moyen, dit-elle, les nouvelles embûches qui lui seront préparées.

J'ai reçu, ajoute Clotilde, une lettre de Casimir, dont j'attends le retour. Il paraît que sa haine pour Ferdinand ne fait qu'augmenter, et l'amour qu'ils ressentent tous les deux pour la fille du comte de Savoie doit amener de nouvelles catastrophes.

Ainsi, Lémerik, servez bien

mes intérêts, et ceux de Casimir; employons tous nos efforts, afin que la sentimentale Elisa soit contrainte d'entrer dans un cloître : vous connaissez la récompense qui vous attend ; la moitié de la fortune de mon père, toute celle que doit posséder Amédée, et... Elle n'osa pas lui en promettre d'avantage.

Les gens de madame la comtesse repartent. Lémerik est de nouveau à leur tête ; mais il ne prétend point suivre les avis de Clotilde. Si Amédée tombe en son pouvoir, il est perdu : l'écuyer de l'infâme gouverneur a reçu des instructions secrètes : après avoir servi son maître, il disparaîtra muni d'une forte somme, ira jouir dans un climat éloigné du prix de son lâche assassinat.

La journée se passe dans la douleur pour la comtesse et pour Elisa ; mais celle-ci est retournée dans son appartement. Clotilde, par une fausse tendresse, a su rendre à sa mère toutes ses préventions contre son aimable sœur, et l'objet le plus tendre doit consumer les plus beaux jours de sa jeunesse dans des chagrins que la seule religion peut faire supporter.

Pendant que l'on attend le retour des envoyés qui sont partis pour chercher Amédée, Ferdinand, que nous avons laissé à la cour du comte de Savoie, l'a quittée pour revenir dans celle de sa mère ; il a vu, pendant les fêtes que l'on a données à Charles de Lusignan, la belle Adélaïde, sa sœur : un

moment a décidé du sort de sa vie.
Pour son malheur, Casimir dont
l'ame dure et farouche ne doit
point connaître de douces sensations, adore le même objet que
son frère ; mais, plus hardi que
lui, il a osé faire un aveu, et n'a
point été accueilli favorablement.
Il ne lui en faut pas davantage
pour ne plus trouver dans Ferdinand
qu'un rival odieux dont il jure la
perte.

Ce futa la fête donnée à Lusignan
que Casimir s'aperçut qu'il était le
rival de son frère.

On avait déployé ce jour-là tout
le luxe du tems. Les nobles de la
Suisse, de la Savoie, et ceux de
l'Allemagne, y avaient été invités.
Un tournois, en l'honneur des
belles, devait terminer ces fêtes

magnifiques. Le prix du courage, distribué par la beauté, augmente encore la valeur. Plus de vingt combattans son prêts, sur leurs armes on voit briller l'or, l'acier et les diamans. Leurs chevaux richement enharnachés, lèvent la tête, et semblent être fiers de leurs nouvelles parures. Les femmes ont employé tont l'art imaginable ; les perles, les rubis, les broderies, les dentelles tout enfin est mis à contribution. C'est le jour des conquêtes, le triomphe de l'amour et celui de la beauté.

C'est en vain que les femmes de la cour d'Amédée de Savoie emploient les plus riches atours, qu'elles chargent leurs têtes de perles, de plumes et de brillans ; elles seront belles, admirées, mais si Adélaïde parait, leurs charmes sont éclipsés.

Le matin du jour où le tournois devait avoir lieu, le bruit des cloches, des trompettes, et celui de la plus brillante musique, avertirent les habitans de Chamberi que la fête allait commencer. A une lieue de la capitale on aperçoit une plaine riante, terminée par une chaine de montagnes qui semblent se perdre dans les nues. A droite était un magnifique château, qui servait de maison de plaisance aux comtes de Savoie. C'était dans ce lieu que se donnaient les fêtes; on y tenait même, dans certaines circonstances, les assemblées du peuple, et l'on y passait les troupes en revue.

En face du château on avait élevé une estrade magnifiquement décorée, où devait se placer la famille du comte ; à droite de la lice on en voyait une autre pour les dames ; à gauche était celle des militaires qui ne combattaient point : elle était très-grande, et pouvait, au moyen de dix gradins, contenir aussi plusieurs des habitans de Chamberi et des autres pays environnans.

L'heure du tournois va sonner. Les chevaliers arrivent au galop la gloire est leur aiguillon ; tous sont décorés des couleurs de leurs dames ; ils mettent pied à terre ; leurs fougueux coursiers mordent leur frein, qu'ils couvrent d'une écume blanchâtre : aux mouvemens précipités de leurs croupes

on peut juger de leur impatience ,
et les écuyers attentifs ont peine à
retenir leur impétuosité.

Les estrades sont bientôt rem-
plies de spectateurs ; celles des
dames offrent le plus beau coup-
d'œil : à cette vue , un mahométan
eût sans doute pensé que les objets
de son admiration n'était autre chose
que les houris promises par le divin
proprête.

Dans l'intérieur du château tout
est en mouvement ; les femmes
de la belle Adélaïde, veulent la
surcharger d'ornemens qu'elle refuse ; son cœur n'est pas tranquille ; Ferdinand de Hapsbourg
a quitté la cour du comte Amédée depuis vingt-quatre heures :
il dédaigne donc le prix qu'elle
doit offrir au vainqueur , elle

va peut-être se voir forcée de le donner à Casimir, qui n'a pu lui inspirer aucun intérêt.

Cependant il faut paraître. Le comte de Savoie, fier de la valeur de Lusignan, son fils, et de la beauté de sa fille, se présente sur le grand balcon du château : des applaudissemens réitérés sont répétés par les échos des montagnes. Le comte descend le grand escalier, donnant la main à sa fille, qui marche à côté de son frère : à la suite sont les dames de la cour, et les seigneurs, nobles et preux chevaliers que le fils d'Amédée a ramenés de la Terre sainte. Ils partagèrent tous ses dangers : il voulut aussi qu'ils partageassent sa gloire.

Le cortège traverse la lice, et

va se placer sur l'estrade qui fait
face au château.

Par un mouvement involontaire
les applaudissemens recommen-
cent. On entend répéter ces mots:
Qu'elle est noble ! Qu'elle est
belle !

Adélaïde , dont chaque geste
est une grace , témoigne avec
modestie sa reconnaissance ; rien
en elle ne sent l'affectation ; sa
parure même annonce une certaine simplicité ; une robe de
satin blanc , ornée de fleurs sem-
blables , dessine une taille majestueuse dont tous les con-
tours semblent avoir été mou-
lés ; ses cheveux , captifs sous
une barrière de roses, la rendent
plus agréable cent fois que si son
aimable figure se fut trouvée om-

bragée de plumes ou de dentelles, sa décence, sa beauté, son rang, tout concourt à lui mériter les suffrages des preux qui vont combattre : tous sollicitent la faveur d'un regard. Mais un seul est aimé, et ne paraît pas. L'œil d'Adélaïde parcourt la lice spacieuse; elle acquiert une triste certitude; mais, dans sa douleur, il lui reste une consolation. Si Ferdinand ne mérite pas le prix, elle ne sera point forcée de l'offrir à Casimir, son frère : il a sans doute quitté la cour de Savoie, puisqu'il n'est point dans la lice.

Le duc en paraissait offensé : il avait formé le projet d'unir sa fille à ce dernier, dont il était bien éloigné de soupçonner la perfidie.

L'airain fait retentir à l'oreille

des chevaliers combattans la neuviè-
me heure du jour; la trompette guerrière se fait entendre ; les juges du
camp , précédés des hérauts , arrivent; on visite les armes : laissons
les remplir cette fonction , èt voyons
ce que sont devenus les frères
rivaux.

~~~~~~~~~~~~~~~~~~~~~~~~~~~~~~~~~~~~~

CHAPITRE X.

Un frère est un ami donné par la nature ;
Gardons-nous de détruire une union si pure.

B

CASIMIR avait été obligé, pendant son séjour à la cour de Savoie, de feindre pour son frère une amitié qu'il n'avait point. Ferdinand, n'ayant aucune méfiance, se réjouissait de cet heureux changement ; il regardait son voyage comme devant mettre un terme à ses chagrins ; il lui devait de plus le bonheur d'aimer, et l'espoir d'un tendre retour de la part d'Adélaïde :

il n'avait point osé lui déclarer
son amour ; mais il avait cru lire
dans ses yeux toùt le plaisir que
lui causait sa présence lorsqu'il allait faire sa cour au comte son père.

Un trouble intéressant, une modeste rougeur, un regard tendre
et expressif, sont de muets inter-
prètes des sensations qu'éprouve
un jeune cœur, s'il voit l'objet
qu'une douce sympathie semble
lui destiner.

Cependant Ferdinand n'avait
pas osé confier son secret à son
frère : mais celui-ci eut des soupçons, et mettant à profit l'art profond de l'hypocrisie qu'il possé-
dait au premier degré, il le féli-
cita sur une conquête aussi brillante, lui promit de travailler à
son bonheur, en intéressant pour

lui l'empereur Rodolphe , leur auguste frère, qui seul pouvait négocier cette alliance. Il l'engagea cependant à ne point déclarer sa tendresse à la belle Adélaïde , qu'il n'eût reçu quelque espérance de la part de l'empereur d'Allemagne.

Ferdinand , toujours confiant , et incapable d'une perfidie , ne put la présumer dans un autre : il prodigua à Casimir les plus vives caresses , versa des larmes délicieuses , et , par ce touchant abandon , lui décela tous les secrets de son ame.

C'était bien ce que le perfide demandait. Ce jour-là même il écrivit à l'empereur Rodolphe , et l'engagea à lui être utile auprès du comte de Savoie ; il se rendit assidument au palais de ce dernier ; et cherche une occasion favorable à ses desseins.

Adélaïde elle-même la lui fournit quelques jours avant le tournois. Elle se promenait seule dans les jardins de son père , l'esprit occupé de Ferdinand ; elle s'enfonça dans un bosquet et s'abandonna à ses réflexions ; elle n'en fut tirée que par le bruit causé par deux personnes qui parlaient assez vivement, et que l'astucieux Casimir avait apostées.

La première dame d'honneur d'Adélaïde , nommée Zélie , était belle et d'une famille distinguée, mais comme elle était incapable de commettre une bassesse , Casimir avait gagné la femme-de-chambre de celle-ci pour lui faire jouer la scène que la fille du comte de Savoie allait entendre : — Jolie Maria (c'est Offman , l'écuyer de Casimir , qui parle) , le chevalier Ferdinand adore votre maîtresse. — Je le sais. — Je vous en conjure , remettez-lui cette lettre. — Cela m'est impossible. — Vous ignorez quels sont ses projets. — Absolument. — Il est décidé à lui donner le titre de son épouse. — Mais la comtesse ? — La comtesse de Hapsbourg ! elle n'aime point le chevalier , et son sort la touche peu. — Ma maîtresse , la belle Zélie, dépend de la fille du comte de Savoie. — Elle se passera de son agrément. — Et vous croyez que le seigneur Ferdinand , frère de l'empereur d'Allemagne, épousera ma maîtresse , qui n'est que

Tome I. **D**

la fille d'un simple gentilhomme? — J'en suis aussi certain, belle Maria, que vous devez l'être vous-même de ma fidélité. — Je croyais qu'il pensait à offrir ses vœux à la charmante Adélaïde. — Il ne l'a jamais aimée. — Cependant j'avais cru voir dans ses regards un tendre intérêt. — Zélie n'est-elle pas toujours auprès d'Adélaïde? — D'après ce que vous me dites, je veux bien me charger de la lettre. — Vous le pouvez sans danger. — Vous savez ce qu'elle contient? — Oui; Ferdinand n'a rien de caché pour moi.

Il lui réitère la déclaration de son amour, et lui demande un rendez-vous, pour ce soir onze heures, dans le bosquet de l'ami-

tié. — Zélie ne voudra point y
consentir. — Que peut-elle craindre de l'amant qui la respecte
autant qu'il l'adore ? — Eh bien !
ce soir à onze heures. — Surtout
n'y manquez pas. — A moins
d'événement. — L'amour doit bra-
ver les obstacles.... Adélaïde, l'o-
reille collée contre la charmille,
n'osant pas même respirer, écoutait encore lorsqu'on ne parlait
plus ; elle pouvait à peine croire
ce qu'elle venait d'entendre. Zélie
la trompait ; Ferdinand ne l'avait
jamais aimée : des pleurs coulè-
rent involontairement de ses beaux
yeux.

D'un pas lent elle regagne le
château. Les premiers objets qui
frappent sa vue sont Ferdinand et
Zélie qui venaient au-devant d'elle

A son trouble , à sa pâleur , Zélie est effrayée ; elle se jette dans les bras d'Adélaïde , la conjure de lui confier ses peines ; elle met tant d'expression dans sa demande , qu'Adélaïde , qui ne sut jamais trahir sa pensée , lui avoue ce qu'elle vient d'entendre. Elle ignorait que le bonheur de Ferdinand se peignait dans cet aveu; qu'il allait oser lui déclarer un secret qui , depuis trois mois , se trouvait enchaîné par le respect: l'aimable Zélie en avait été la confidente. Ferdinand se jette aux pieds de celle qu'il adore , la conjure de prononcer sur son sort , et obtient enfin la permission de demander au comte de Savoie la main d'Adélaïde.

Heureux Ferdinand ! ton cou-

pable frère ignore le service qu'il
t'a rendu. Puissent tous les perfides
se prendre eux-mêmes dans leurs
propres piéges !

Il ne reste plus à nos jeunes
amans qu'à découvrir l'auteur de
cette trahison. On interroge la
femme-de-chambre de Zélie. Ac-
coutumée à feindre, elle nie har-
diment la vérité de la scène du
bosquet. La crainte de perdre sa
place, et la colère de Ferdinand,
ne peuvent la contraindre à nommer Casimir, sur lequel cependant s'élèvent les plus grands soupçons.

Les choses en étaient là. Le
jour qui précéda le tournois,
Ferdinand apprit que son frère,
tout en faisant préparer le plus
brillant costume de chevalier, se

disposait à quitter la cour de Savoie, ou du moins l'annonçait. Il dit à son rival : Vous partez, Casimir ? — Oui. — Retournez-vous à Hapsbourg ? — , non, je vais à la cour de Rodolphe. — Vous ne vous trouverez pas au tournois? — Je veux vous-laisser toute la gloire de cette journée. — Elle aura peu de charmes pour moi. — Vous recevrez la couronne ; celle qui doit l'offrir vous est chère ? — Me feriez-vous un crime d'adorer Adélaïde ? — Non , et je parlerai pour vous à l'empereur d'Allemagne. — Si vous ne restez pas, je pars pour le château de notre mère. — Vous êtes libre. En disant ces mots , Casimir lui tourna le dos.

Il n'en fallut pas davantage à

Ferdinand pour être convaincu
que son frère voulait le perdre.
Cette conduite lui désigna parfaitement celui qui avait cherché à
irriter Adélaïde contre lui ; et ,
d'après tout ce qu'il pouvait prévoir , il ne parut point à la cour
la veille du tournois. Son absence
justifia le trouble et la douleur
de la charmante Adélaïde , lorsqu'elle traversait la lice du camp
pour gagner l'estrade qui avait
été décorée, autant en son honneur
qu'en celui de Lusignan , son
frère.

Le tournois commence. On voit
arriver l'illustre Gusman de Montfort et le preux Tersigni de Chamberi. Tout ce que la force , l'a-
dresse et l'agilité peuvent présenter de charmes , est mis en

usage. Tour à tour ils sont vain-
queurs et vaincus. La victoire est
incertaine. On ne sait pour qui
l'on doit former des vœux. Enfin
Tersigni est renversé de son cheval. Alors commence le combat à
la hache, à l'épée. Nos deux hé-
ros font des prodiges, mais le
sort a marqué la fin de cette lutte,
et Gusman de Montfort a la douleur de voir Adélaïde offrir une
couronne à Tersigni. Je ne finirais
point, si je voulais donner une idée
réelle des brillans exploits de cette
journée mémorable, dans laquelle
tant de braves illustrèrent leurs
noms.

Les juges du camp allaient dé-
cerner le dernier prix au vaillant
Rénoldi, qui venait de triompher
du jeune Saint-Amand, lorsqu'on

vint annoncer qu'un chevalier in-
connu voulait le lui disputer. Le
cœur d'Adélaïde palpite de plaisir ;
elle espère que c'est Ferdinand qui
va paraître : mais hélas ! elle est
bientôt désabusée. On cède à la
demande du chevalier. Il entre
dans la lice, la visière baissée. La
richesse de ses armes, la beauté de
son costume, étonnent tous les
spectateurs ; sa démarche hardie
fait trembler pour Rénoldi , auquel la victoire était due si légiti-
mement. Il se bat avec un courage
et une force prodigieuse, et la victoire
lui appartient. Le bruit majestueux
des fanfares retentit dans le camp.
Casimir, que le lecteur a sans doute
deviné s'applaudit d'avoir su éloigner
son frère.

Perfide ! tu ne jouiras pas du

prix de ta ruse; Ferdinand va te l'arracher.

. En effet un cavalier s'avance. Tel qu'on nous peint Achile courant sous les murs de Troie pour venger la honte de Ménélas, tel paraît le nouveau combattant. Son casque était doré et surmonté d'un panache d'une blancheur éblouissante ; son bouclier, d'une trempe d'or et d'acier, réfléchit les rayons du soleil ; un costume vert, symbole de l'espérance , dessine une taille majestueuse ; sa noble contenance, ses graces , tout lui mérite les plus vifs applaudissemens : il jette le gant à son adversaire , qui le ramasse avec une fierté arrogante.

Nos deux champions se regardent, se mesurent, cherchent à

se reconnaître , et leur combat commence.

O toi ! poète aussi sublime qu'inimitable , immortel auteur de la Thébaïde , divin Racine ! il faudrait ta plume énergique pour décrire ce combat. Tels que l'on vit Etéocle , roi de Thèbes , et Polinice , son frère , chercher dans la mort de l'un ou de l'autre le droit funeste de régner ; tels Ferdinand et Casimir se disputèrent le prix qu'allait donner Adélaïde.

Ils ne se connaissent point ; mais , à la violence des coups qu'ils se portent , on dirait qu'ils se sont devinés : l'acharnement est égal ; vingt fois les spectateurs ont tremblé pour leur vie.

Casimir , malgré toute sa vigueur , a vu rompre sa lance. Il

est renversé de son cheval : Ferdinand descend du sien. Les sabres
et les épées volent en éclats. Le
combat à la hache succède bientôt :
les boucliers sont brisés. Casimir,
furieux, lève son arme meutrière,
et le casque de Ferdinand pare le
coup mortel. Alors, n'écoutant plus
que sa fureur, Ferdinand saisit son
fougueux adversaire, et d'un bras
nerveux le renverse, le roule dans
la poussière ; et lui posant le genou
sur la poitrine, le force à s'avouer
vaincu.

Juste Ciel ! que devient - il à
l'instant où son rival, suffoqué
par la colère, reste sans mouvement ? Il détache son casque et
reconnaît son frère. Il se jette sur
lui, le conjure de lui pardonner
sa funeste victoire, lui prodigue

tous les soins imaginable. Casimir revient à lui, se relève, lance à Ferdinand un regard affreux où se peint la plus horrible vengeance; il monte sur son coursier, le pique, et part avec la rapidité de l'éclair.

O vous ! qui avez aimé, peignez-vous les transports de joie et la suprême félicité d'Adélaïde, lorsqu'elle voit que le vainqueur est son amant! On l'amène à ses pieds. Sa main, tremblante de plaisir, pose sur sa tête la couronne. Elle défait une superbe écharpe, qui servait à sa parure, et, forte de la permission que vient de lui donner son père, elle la passe au cou de son amant: Lusignan imite sa sœur dans sa générosité. L'épée du chevalier a été brisée dans le combat. Il lui offre la sienne dont il avait fait un si brillant usage pendant la sixème croisade ; il la lui attache avec une chaîne d'or enrichie de diamans : et ces deux nobles amis se jurent une amitié éternelle. On rentre dans la salle des fêtes Ferdinand , donnant la main à la belle Adélaïde , présente à toute la cour le plus vaillant des chevaliers : et l'on peut lire dans les yeux de cet aimable couple qu'ils sont aussi les plus heureux des amans.

~~~~~~

CHAPITRE XI.

Va , cruel , porte ailleurs ton coupable dessein ;
Du sang de Ferdinand ne souille point ta main.

B.

CASIMIR, qui avait reconnu son frère était furieux de de sa défaite. On dit même que ses armes, qui furent trouvées dans le camp, avaient un tranchant défendu dans les tournois des preux chevaliers.

Il partit furieux , comme nous l'avons dit , après avoir fait remettre au père d'Adelaïde une lettre perfide , qui semblait être de la main de Ferdinand, et qui devait faire précipiter sa malheureuse

amante dans un affreux cachot, et
alla exhaler sa colère et sa haine
auprès de la perfide Clotilde, qui
conspirait toujours contre la jeune
Elisa. On ignorait encore au château de Hapsbourg ce qu'était devenu Amédée ; ses ennemis espé-
raient qu'emporté peut-être par un
coursier trop fougueux, il avait été
précipité dans la rivière de l'Aar :
mais nous, qui l'avons laissé dans
la cabane d'Isidore goûtant un repos que la seule innocence peut
procurer, épions l'instant de son
réveil.

Le bon Isidore revint des
champs à l'heure où l'étoile du
berger semble dire au cultivateur :
Va réparer tes forces épuisées par
le travail. Il cheminait tranquille-
ment, en conduisant sa charrue ; il

n'avait jamais été plus heureux
que depuis douze années. Jadis fa-
vori des grandeurs et de la fortune,
la coupe du plaisir ne lui avait point
procuré d'aussi douces jouissances
que celles qu'il éprouvait sous
l'humble toit qui lui servait d'a-
bri.

On était dans les premières
soirées du printems; l'air em-
baumé par le parfum des fleurs
de la prairie portait une odeur
délicieuse ; tout excitait l'ame à la
reconnaissance envers l'auteur de
tout bien , et le bon Isidore s'exprimait ainsi :

STANCES.

TROIS fois salut, majestueux printems!
Toi qui par tes bienfaits rajeunis la nature,

Du Dieu de l'univers dispensant les présens.
Tu viens couvrir nos prés d'une tendre ver-
dure.

~~~~~~

Les vergers , les jardins , les bois et les
guérets ,
Vont reprendre à nos yeux une forme nouvelle ;
Tout s'anime, et déjà j'entends dans nos
forêts
Soupirer la colombe et chanter Philomèle.

~~~~~~

Le souffle de Borée a fait place au zé-
phyr ,
Et de l'émail des fleurs la terre est embel-
lie :
L'air s'embaume ; un parfum qui flatte le
desir
Va redonner à l'homme une nouvelle vie.

~~~~~~

Sortez de vos palais , citadins insensi-
bles ,
Des biens du Créateur admirez les trésors ;

Abandonnez des plaisirs trop pénibles,
Et de l'homme des champs imitez les transports.

———

Vous verrez des bergers renaissant à la
joie
Qui répètent sans cesse en leurs accords tou-
chans :
Toi qui nous rends des jours filés d'or et de
soie,
Trois fois salut, majestueux printems !

Il arrive à sa chaumière, dont
Anna gardait toujours la porte.
Elle vole dans ses bras, lui raconte ce qui s'est passé dans la
journée. Isidore va doucement
près du lit où dort le jeune
homme. Il le considère attentivement, et félicite sa fille sur la
bonne action qu'elle a faite. Amé-

dée se réveille. Son premier regard se porte sur Anna, ensuite
sur son père : il leur témoigne
toute sa reconnaissance. Isidore
est instruit que le jeune homme
est blessé ; on envoie chercher le
chirurgien du lieu : il est absent.
Isidore remplit ses fonctions, ap-
plique une compresse d'huile et
de vin, et empêche Amédée de
sortir de son lit, près duquel on
fait mettre la table. Un souper
sain est servi ; la franchise de
l'estimable Isidore y ajoute le plus
grand charme. Anna, vive et
tendre, modeste et carressante,
prodigue à son père les soins de
l'amour filial : jamais Amédée n'a
été témoin d'un spectacle aussi touchant. Vers la fin du repas, Isidore
dit à sa fille : Prends ton luth, ma

chère Anna, tu sais quel plaisir tu
cause à ton père. Monsieur, dit-il à
Amédée, ne sera pas fâché d'entendre
la prière que nous adressons à l'Eternel tous les jours de notre vie. Un luth
dans une chaumière de modeste
apparence étonne notre jeune chevalier. Mais que devient-il quand
il entend la voix de cette simple
fille des champs ? Elle s'accompa-
gne avec la plus grande harmo-
nie, en chantant les paroles suivantes :

O toi ! Dieu tout-puissant qui gouvernes la
    terre ,
Amour pour tes bontés, respect a ta gran-
    deur !
  C'est par toi que l'homme prospère :
  C'est de toi seul qu'émane le bonheur.

Pour payer tes bienfaits, que la reconnais-
    sance
Jusqu'au pied de ton trône aille porter nos
    vœux ,

Daigne dans tous les tems protéger l'innocence,
Et fais que chaque jour je sauve un malheureux !

Ah ! d'un père adoré protège la vieillesse !
Pardoune, Dieu puissant, à son persécuteur ;
Et d'Anna dirigeant la timide jeunesse,
Fais qu'elle soit toujours sa gloire et son bon-
heur !

Amédée , dans le plus profond re-
cueillement , venait d'écouter la
jeune fille ; il ne pouvait pas comprendre comment , dans cet humble
asile , il se trouvait tant de talens
réunis à tant de graces. Un mot
avait frappé son imagination : c'é-
tait celui de *persécuteur* qu'Anna
avait prononcé pendant sa prière.
Isidore n'est point un simple cultivateur : non, tout le lui annonce ; sa

politesse, la manière avec la quelle il
s'exprime ; l'esprit qui règne dans sa
conversation, sont des motifs suffisans pour faire croire qu'il est
d'une haute naissance. Ne serait-ce
pas, disait Amédée, un nouveau
Cincinnatus ? Ne viendra-t-on pas
bientôt l'arracher à sa charrue,
pour le forcer à se révêtir une
seconde fois de la pompe dictato-
riale ?

Ah ! quelle serait la douleur
d'Amédée ! Il faudrait qu'il re-
nonçat au plaisir qu'il se promet
en enrichissant celle qu'il aime ;
car il forme des projets. Il n'a
que dix-sept années ; mais un cœur
de cet âge fait bien du chemin en
peu d'instans. Il doit la vie à la
charmante Anna : aussi jure-t-il
dans son ame de lui conserver

la sienne. Ce serment n'est point
écrit sur le sable ; il est gravé
dans son cœur par la reconnaissance.

Isidore ne sait point à quelle
circonstance son jeune hôte doit
l'accident qui lui est arrivé ; mais
comme il peut avoir besoin de goûter les douceurs du sommeil , il
le quitte en lui souhaitant un repos
parfait.

Amédée lui présente sa main ,
Isidore lui donne la sienne que l'ar-
dent jeune homme couvre des bai-
sers de la reconnaissance. Peut-
être l'amour y trouva-t-il son compte ;
car la belle Anna était auprès de
son père.

O charme divin d'un amour innocent ! qui peut bien te peindre ?
Qui rendra les doux transports

que tu cause à l'ame, qui, pour
la première fois, éprouve le pouvoir d'une heureuse sympathie ?
Amédée et Anna pourraient bien
nous l'apprendre ; mais ils pen-
sent ; soupirent , et n'écrivent
point.

———

~~~~~~~~~~~~~~~~~~~~~~~~~~~~~~~~~

CHAPITRE XII.

———

Pour l'homme vertueux l'aurore a mille attraits ;
En s'éveillant il pense à de nouveaux bienfaits.

<div align="right">B.</div>

LE jour pointait à peine que le respectable Isidore était éveillé : il n'alla point dans les champs ; car c'était un jour de fête , et d'une fête délicieuse pour une ame sensible. On devait récompenser publiquement une jeune fille qui s'immolait pour le bonheur de son père. Isidore attendait le réveil d'Amédée, afin de lui demander qui il était, d'où il venait, et ce qu'on pouvait faire pour le rendre à sa famille.

Il entre dans la chambre du jeune homme, qu'il trouve éveillé et assez bien portant. Aussitôt, par son ordre, Anna paraît, et apporte une jatte de lait frais, du beurre et des fruits.

On déjeûne avec appétit et gaîté. Le déjeûner fini, Isidore interroge le jeune Amédée. Hier, lui dit-il, vous étiez souffrant et malheureux ; nous n'avons pas eu besoin d'en savoir davantage pour vous prodiguer nos soins ; mais aujourd'hui je puis vous demander qui vous êtes, et vous offrir d'aller moi-même avertir votre famille, qui doit être vivement affligée de votre absence.

médée fit connaître et raconta ce qui lui était arrivé jusqu'à l'instant où, traîné par son fougueux coursier , il était tombé sans connaissance. Il témoignait à Anna toute sa gratitude , la nommait son ange tutélaire , son libérateur. Isidore l'interrompt : Ma fille n'a fait , lui dit-il , que ce que l'humanité doit inspirer à toute ame honnête. Malheur à l'être insensible qui peut voir d'un œil sec les maux de son semblable!

Isidore fit partir sur-le-champ un jeune garçon chargé d'une lettre d'Amédée , qui pouvait tranquilliser sa mère , et faire en même tems cesser toutes les recherches à son égard, Colas part ; il arrive au château de Hapsbourg, où tout était dans la consternation.

La comtesse n'avait pu sup-

porter l'idée affreuse de la mort
de son fils. Sa raison était égarée ;
elle ne connaissait plus personne.
La seule Elisa ne la quittait point :
elle lui prodiguait sa tendresse.
Quant à Clotilde, ne pouvant nuire
à personne dans ce moment, elle
errait dans le parc, où sa perfidie
lui faisait projetter quelque nouveau crime. Profondément occupée, calculant déjà le rang élevé
qu'elle doit tenir dans le monde si
sa malheureuse mère succombe à
sa douleur, Lémerik ne lui paraît plus un parti sortable. Lusignan de Savoie offre plus d'espoir à son orgueil ; et d'ailleurs le
gouverneur de Hapsbourg n'a plus
pour elle les respects qu'elle se
croit en droit d'exiger. Coupable
fille ! tu n'en mérites aucun ; tu

as foulé aux pieds les lois de
l'honneur ; Lémerik te méprise,
et tu te vois encore forcée à le
craindre. C'est ton complice ; il
fut ton amant ; aujourd'hui il est
ton maître : n'a-t-il pas la possibilité de te perdre , en te faisant
connaître ? Ne peut-il pas déclarer ce que tu as voulu faire
de l'intéressant Amédée... ? Mais
non ; tant qu'il aura besoin de
ton appui , il te ménagera : les
scélérats ont besoin les uns des
autres.

La petite porte du parc , qui
donnait sur la campagne , était
ouverte. Colas , après avoir de-
mandé son chemin à des paysans ,
arrive ; il entre , avance , traverse plusieurs allées , et voit une
femme richement vêtue. Colas

est timide ; il recule ; mais qu'a-
t-il à redouter ? Il apporte une
bonne nouvelle ; il sera bien
reçu.

Clotilde l'aperçoit , se lève et
l'aborde brusquement. Elle semble
pressentir que ce que ce messager apporte est pour elle de mauvais augure.

Où vas-tu ? Qui es-tu ? Que
demandes-tu ? Et qui t'a permis
d'entrer dans ce parc? Au lieu d'in-
timider Colas, cette dureté le révolte , et semble lui donner de
la hardiesse.

Tiens , comme vous dégoisez
vos questions ! On disait que les
madames des châteaux étaient
douces, encourageantes ; mais je
vois bien qu'on m'a trompé. —
Répondras-tu, insolent ? — Ah !

dame ; un insolent , c'est s'ti-là
qu'est le premier à dire une in-
jure , et j'nons pas commencé.
— Répondras-tu à mes questions ?
— M'y v'là. Je m'appelle Colas ;
je viens de Lenni ; je suis entré
ici parce que j'y ai besoin. — A
qui veux-tu parler ? — A madame
la comtesse de Hapsbourg. —
Qu'as-tu à lui dire ? — J'li con-
terai cela quand je la verrai.
C'est au sujet d'un joli petit monsieur : ah ! mordienne , c'est çà
que ça fait honneur à un château;
ça vous a des manières polies,
des airs ; là enfin , suffit. Quand
je serai auprès d'la maîtresse du
pays , je lui ferai mon petit com-
pliment. — Je me meurs d'impatience. Parleras-tu plus claire-
ment ?

—Ah ! n'mourez pas , mam'selle , j'vous en prie , n'mourez pas , car , voyez-vous bien , malgré que vous n'ayez pas l'air bon, ça me ferait d'la peine.

Clotilde étouffait de colère ; les plus violens soupçons l'agitent ; elle se croit maintenant certaine que le Ciel a protégé Amédée , et que c'est lui qui envoie donner de ses nouvelles , mais , voyant que Colas ne veut rien lui dire , elle prend le parti de la douceur — On t'a remis une lettre que tu dois rendre à la comtesse de Hapsbourg. — Ah ! dame, oui. — Le jeune chevalier qui t'a chargé de l'apporter ici se nomme Amédée? — Amédée ! Oui, je crois que c'est comme ça approchant, que mam'selle Anna l'appelle. — Quelle

est cette Anna ? — *Cette Anna ?*
Eh bien ! c'est la perle du canton, elle-est plus belle que la fleur
de nos champs, plus douce qu'une
colombe ! alle mériterait d'être
seigneuresse, tant alle est compa-
tissante : sans elle le beau chevalier serait déjà mort. — Donne ,
mon ami, donne cette lettre. —
Quand j'vous dis que c'est pour
madame la comtesse : menez-moi ,
auprès d'elle. — Je suis celle que
tu demandes. — Vous ! pas possible : on la dit si bonne ! — Remets-
moi cet écrit, ou crains ma vengeance. A l'instant Colas, effrayé,
prend sa course ; il avait aperçu le
grand perron du château : bientôt
il est dans les appartemens. Lémerik l'arrête au passage , Colas
réitère la demande qu'il a faite à

Clotilde ; mais Lémerik plus adroit que sa complice, lui dit que la comtesse est mourante ; qu'il ne peut lui parler ; enfin, à force de douceur, il obtient la lettre d'A-médée, récompense généreuse-ment Colas, et le fait reconduire hors du château, après avoir lu l'écrit et chargé ce petit paysan de dire au jeune chevalier de prendre du repos, et de lui an-noncer que le lendemain on con-duirait une litière à Lenni, afin de le ramener commodément au châ-teau. Colas, satisfait reprend le chemin de son hameau, convaincu que la commission que lui a don-née le bon Isidore a été bien rem-plie.

CHAPITRE XIII.

—————

Les coupables ont beau déguiser leurs secrets ,
Le Ciel, quand il lui plaît , renverse leurs projets;

B.

La lettre apportée par Colas vient d'avertir Lémerik du lieu où est Amédée : il se résout à n'en rien dire à Clotilde ; mais il ne peut exécuter son dessein. Il la voit et n'a pas le tems de cacher le papier; il se trouve ainsi forcé de la mettre dans sa confidence. Un sentiment secret trouble Clotilde : la voix du sang se fait entendre; elle s'oppose à la mort de cet innocent Amédée. Est-ce bien le doux penchant de l'amour

fraternel qui la guide, ou plutôt
l'effet de l'indifférence qu'elle a
maintenant pour le gouverneur
de Hapsbourg? La suite nous ins-
truira. Il fut arrêté, pour le moment, qu'Amédée serait conduit
dans un château appartenant à sa
mère, et distant de cinquante lieues
de Hapsbourg, qu'une étroite prison serait son asile, et que la comtesse ignorerait toujours que son fils
existe. Lémerik est chargé de cette
expédition; il donne à son départ
un motif plausible pour tous les
gens du château, et va pour arrêter Amédée chez Isidore, par l'ordre de sa mère. Lémerik jouissait
de toute la confiance de la comtesse
et se trouvait toujours porteur de
blancs seings, dont plus d'une
fois il avait fait un mauvais

usage. On devait laisser gémir ce jeune infortuné dans les fers jusqu'au jour où , ayant atteint sa majorité , il pût faire un abandon total de ses biens , qui , par le testament de son oncle , se trouvaient immenses; ensuite il devait être conduit secrètement dans une des îles les plus éloignés de l'Europe.

Soif odieuse de l'or! combien tu fais de criminels et de malheureux!

Lémerik est parti; la comtesse de Hapsbourg revient à elle; le retour de sa raison lui rapporte tous ses malheurs; elle est dans les bras de la touchante Elisa. Clotilde est présente à ce cruel spectacle. Elle entend la voix maternelle, qui répète le nom chéri de celui qui cause sa douleur : mais elle reste insensible.

Il est donc bien vrai qu'un premier pas dans le sentier du crime éteint tous les sentimens ! D'un seul-mot Clotilde peut arracher sa mère à la mort ; elle ne le dira point.

Cruelle fille ! cette femme que tu contemples d'un œil sec ne t'at-elle pas donné le jour ? N'est-ce pas sur son sein qu'elle t'a prodigué les plus tendres caresses ? Ton premier sourire fut pour elle. Sans cesse occupée de la conservation de tes jours, elle guidait tes pas ; son amour actif, ingénieux, n'était pas un instant sans travailler à ton bonheur : et tu veux..... Prends un fer parricide ; frappe ta victime, et dans ta

rage cruelle déchire le sein qui te
donna la vie ; tu seras moins barbare
que tu ne l'es dans ce moment. Oh !
forfait qui révolte la nature, les peu-
ples anciens te croyaient impossible ! et Solon, le plus sage des
législateurs de la Grèce, ne fit
point de lois contre le parricide,
dont il ne soupçonnait pas la possibilité.

Tandis que nous gémissons sur
le sort de la comtesse, qu'une fièvre
brûlante pouvait, hélas! conduire
au tombeau, suivons Lémerik
dans sa course, et voyons-le arriver
chez le respectable Isidore presqu'au même instant que le petit
Colas.

Tout y était dans la joie pour célébrer la fête de l'amour filial dont
nous avons parlé.

Lison, fille d'un honnête cultivateur, nommé Hubert, avait perdu son père et sa mère étant encore en bas âge. Laissée aux soins de son aïeul maternel, Lison grandit, et l'âge et la raison lui apprirent bientôt tout ce qu'elle devait de reconnaissance à son grand-père. Elle avait atteint sa dix-huitième année, et allait devenir l'épouse d'un jeune garçon nommé Alin, qui méritait toute sa tendresse. Mais à l'instant où cet hymen devait se conclure, Allibert, gouverneur du canton d'Uri, ordonna une levée générale de tous les hommes en état de porter les armes. Il s'agissait de défendre les droits de leurs pays, et de s'opposer aux entreprises injustes des moines de la fameuse

abbaye d'Ecusilden , dont le pouvoir civil , aidé des foudres ecclé-
siastiques, menaçait la liberté.
L'ordre arrive , il faut s'arracher
des bras de l'amour. La gloire appelle ; le devoir commande , l'aiguillon de l'honneur se fait sentir.
Alin embrasse son amante , renou-
velle ses sermens de fidélité , verse
une larme et s'éloigne.

Depuis deux ans plusieurs com-
bats ont eu lieu. Point de nouvelles d'Alin. Un accident affreux
vient enlever à Lison jusqu'à
l'espoir de nourrir son père. Un
incendie terrible a dévoré toute
leur fortune. La cabane où elle est
née fait maintenant partie d'un
champ qui n'a pas même de cultivateur , puisque la vieillesse et les
infirmité ont détruit toutes les

forces du père Hubert. Ces in-
fortunés n'ont d'abri que celui
qu'ils doivent à la générosité d'Isidore, et, dans ce modeste asile,
la sensible Lison soigne son vieux
père, travaille pour le nourrir :
mais hélas ! ses peines sont insuf-
fisantes, et sans la douce pitié que
la belle Anna porte à ces malheureux, la plus affreuse misère serait
leur partage.

Enfin trois ans se sont écoulés
dans la douleur, et Lison ne croit
plus revoir son amant ; mais elle
veut être fidèle à sa mémoire : nul
autre ne possédera son cœur. Hélas ! elle avait bien raison ; le véritable amour est comme la mort ; il ne
frappe qu'une fois.

Le château de Lenni a changé
de maître. Le nouvel acquéreur

est un vieux célibataire qui possède de grands biens. Il n'a pu voir
la jeune Lison sans éprouver , pour
la première fois , le désir de se ma-
rier. Il connaît l'indigence de son
aïeul : avec délicatesse il lui fait
offrir des secours. Mais celui-ci , qui
craint que monsieur de Saint-Urbain n'ait des vues qui tendent au
déshonneur de sa fille, refuse entièrement.

Saint-Urbain se fait conduire
chez Hubert , il voit près du lit
de ce vieillard la charmante Lison ,
qui lui prodigue les plus vives
caresses : ce tableau touchant
achève ce que les beaux yeux de
Lison avaient commencé; il la
demande à son père , lui promet
un abandon entier de sa fortune ,
et désire savoir de Lison même ,

si son cœur est bien libre. Cette
question terrible réveille toute
la douleur de l'amante infortunée;
mais la vue de son père lui im-
pose le plus profond silence ;
Hubert se voit forcé d'instruire
M. de Saint-Urbain de l'amour
qu'elle a eu pour Alin ; il engage
sa fille à ne rien faire qui puisse
contrarier son penchant. Lison ,
pour toute réponse, se jette dans
les bras de son père, essuie d'une
main quelques larmes qui humec-
tent sa paupière , et présente l'autre
au respectable seigneur , en lui
disant : Mon père va devenir le
vôtre ; ah ! monsieur , aimez-le
comme je l'aime : paroles simples ,
mais éloquentes , qui prouvent le
pouvoir de l'amour filial sur une âme
bien née.

M. de Saint-Urbain , dans l'excès de sa joie, fait dresser un contrat de mariage où tout est en faveur de sa future : on le lui lit; par son ordre, on en change la principale clause , et les propriétés que M. de Saint-Urbain lui donne sont placées sur la tête du bon Hubert, à qui Lison dit tout bas : O mon père ! maintenant tu es riche ; mais si Alin revenait de l'armée, ou infirme ou malheureux, souviens-toi, je t'en conjure, qu'il devait être ton fils.

Le jour arrêté pour la cérémonie. Le futur époux fait porter chez Hubert de riches présens, sans rien changer au costume villageois que porte la jeune épouse : il s'honore de sa conquête, et ne veut la voir admirer que dans ses vertus.

On allait à l'autel prononcer
des sermens irrévocables. Un cortège brillant, composé de tous
les gens du château, précédait les
bons villageois de Lenni ; Saint-
Urbain donnait la main à Lison,
et Isidore, le bras à Amédée, qui,
ayant voulu se trouver à cette
cérémonie, était aussi soutenu par
sa chère Anna : son cœur palpitait
de plaisir ; il pensait au jour heureux où il pourrait à son tour conduire sa bienfaitrice à l'autel,
car il avait pris la ferme résolution
d'être un jour son époux.

On était au milieu de la place
publique du hameau, et Lison
distribuait des secours à tous les
indigens, lorsque Lémerik arriva
au même instant que le petit
Colas. Il voit Amédée rayonnant

de joie. Le perfide gouverneur
de Hapsbourg compose sa figure
hypocrite, et ne veut employer le
faux ordre d'arrêter sa victime
qu'au moment où la fête sera
entièrement finie. Il a fait rester
à quelques pas de Lenni des
hommes qui lui sont dévoués, et
dont il doit se servir si Amédée
oppose de la résistance. Son ar-
rivée ne dérange rien à la cérémonie : les portes du temple sont
ouvertes ; Lison tremble ; un soupir
lui échappe, il est pour Alin : Ce
sera le dernier ! se dit à elle-même
cette aimable fille. Elle regarde son
père ; l'amour filial lui rend tout
le courage dont elle a besoin ! sa
marche semble plus active ; elle
a franchi les premiers degrés du
temple ; un roulement de tambour

est entendu, des cris multipliés se répètent les *voilà*, les *voilà!* Ce sont les braves jeunes gens qui sont partis il y a trois ans pour l'armée commandée par le vaillant Allibert; ils reviennent couverts des lauriers de la gloire, et vont les réunir au myrte de l'amour. Au milieu de ces jeunes guerriers, dont plusieurs ont d'honorables blessures, on en voit un que deux camarades conduisent : Pauvre jenne homme! il est aveugle par suite d'une chute qu'il a faite dans un combat, où il fut laissé pour mort. Lison l'apperçoit, quitte la main de M. de Saint-Urbain, et s'écrie : Dieu! c'est Alin, mon cher Alin : il est aveugle! Elle est dans ses bras, et y demeure sans connaissanee. Alin ne la voit

Tome I.   F

pas ; mais il sent battre son
cœur , et se trouve encore le plus heureux des hommes : Ah ! Lison s'écrie-
t-il, je ne vois pas tes charmans attraits; ton cœur palpite , et répond au
mien. Heureux guerrier , je retrouve
mon amante fidèle à ses sermens.

Lison revient à elle , rougit de
sa faiblesse ; mais M. de Saint-
Urbain , que cette circonstance
vient d'éclairer, se montre digne
d'admiration

Il prend la main de Lison , l'unit
à celle de son amant , et laisse au
bon Hubert toute la fortune qu'il
lui a donnée : on change les noms
portés sur le contrat , et ce digne
seigneur , qui devait être époux,
remplit l'office de témoin , et gagne
ainsi l'amour, le respect et la reconnaissance des habitans de Lenni.

Le sacrifice est douloureux ;
mais il a plus de mérite. Monsieur de Saint-Urbain s'adresse à
Alin : Brave jeune homme, lui
dit-il, ton amante est digne de toi ;
elle ne consentait à m'épouser que
pour assurer l'existence de son
aïeul. Le Ciel a permis que tu ar-
rivasses assez à tems pour être le
prix de l'amour filial ; il ne sera
pas dit que je t'aurai enlevé ton
épouse, tandis que tu exposais
tes jours pour assurer notre liberté.

On conduisit les nouveaux ma-
riés au château, où monsieur de
Saint-Urbain avait fait préparer un
superbe repas. Ce respectable seigneur combla Alin de présens, et
voulut qu'il demeurât, ainsi que
son épouse et le bon Hubert, dans
un pavillon des plus élégans ; et

sur lequel on lit encore ces mots
que le tems semble avoir respectés :
*C'est ici qu'habitent l'amour filial
et la valeur guerrière.*

La fête donnée aux jeunes époux
fut terminée par un bal. Amédée
n'y dansa point ; son pied était
encore trop enflé ; mais il y vit
danser Anna , la fit admirer par
Lémerik , qui ne l'avait déjà que
trop bien remarquée. Le soir vint ;
chacun se retira. Le gouverneur
ne put loger à la cabane d'Isidore ,
où le jeune de Hapsbourg voulut
rester jusqu'au jour de son départ ,
dont le terme fut remis au surlen-
demain. Malgré son impatience ,
Lémerik se vit forcé d'y consentir ,
n'osant pas faire un éclat , bien
persuadé qu'Isidore prendrait la
défense d'Amédée.

Le jour suivant amena un événement auquel il était bien loin de
s'attendre.

Lémerik, en quittant le château
de Hapsbourg avec précipitation,
avait laissé sur une table la lettre
apportée par le petit Colas. La
plus jeune des filles de madame
la comtesse l'aperçoit : elle est
adressée à sa mère. Elle examine
l'écriture, reconnaît celle d'Amè-
dée. Cette lettre est décachetée ;
elle lit, et croit à peine à son
bonheur ; son frère existe ; elle
en est bien sûre ; elle fait éclater
sa joie, vole plutôt qu'elle ne
court à l'appartement de sa mère,
qui, pour la première fois depuis
son malheur, goûtait un instant
de repos. Elle épie celui de son
réveil. Clotilde n'est pas là ; elle
va donc elle-même porter la joie

dans l'ame de la comtesse ; mais il
faut de la prudence. Elisa n'en
manquera point ; elle préparera
par degrés ce cœur que le chagrin
a brisé ; elle va donner de l'espérance , annoncer la possibilité
d'un retour , avant d'en donner
la certitude. Berthilie , sa bonne
gouvernante , qui ne l'a point
quittée depuis que la comtesse est
au lit , lui fait entrevoir un avenir
flatteur.

Oui , mademoiselle , lui dit-elle ,
oui , on rendra justice à votre bon
cœur ; je parlerai à madame de
tout ce que vous avez fait pour
elle , et je n'oublierai point la froideur et l'indifférence de mademoiselle Clotilde. Ah ! je t'en conjure ,
ne ravis point à ma sœur l'amour
de ma mère , lui dit Elisa ; ne

parle point contre elle ; laisse-
moi mériter les bontés de la
comtesse , sans les ravir à une
sœur que jaime et dont je m'ef-
forcerai de gagner l'affection. Elle
achevait ces mots, qui peignait
si bien la bonté de son cœur, lorsque la comtesse fit entendre un soupir, et prononça douloureusement
le nom d'Amédée. Elisa court à sa
mère , et , fidèle à ce qu'elle s'est
promise , elle lui laisse entrevoir
un éclair de bonheur , qui bientôt
devient une certitude , et la comble de joie.

Mon fils, mon Amédée existe!
Clotilde sait-elle cette heureuse
nouvelle ? Madame , dit Berthilie,
mademoiselle votre fille aînée
vient si peu dans votre appartement , que nous n'avons pu la lui

apprendre. — Sortez , Berthilie ;
allez la prévenir. Chère Clotilde !
peut-on te laisser ainsi dans la
douleur ? — Quand nous trem-
blions tous pour vos jours , elle ne
s'informait pas même de votre
position ; et vous devez croire.......
— Sortez , vous dis-je , répliqua la
comtesse avec un peu d'humeur :
qu'on mette les chevaux à la voiture ; je vais moi-même aller
rechercher mon fils. Cependant ,
pour la première fois de sa vie ,
la comtesse fit attention à l'indifférence que Clotilde avait mon-
trée dans cette circonstance. Elle
rappela Berthilie et lui défendit
d'aller à l'appartement de sa fille ,
et de lui rien raconter de ce qui se
passait.

La voiture est préparée ; la

comtesse, quoique bien faible , s'ha-
bille à la hâte , on la monte dans
la voiture ; Élisa , les larmes aux
yeux , lui demande la permission
de l'accompagner ; elle lui tend sa
main , que celle-ci baise avec
transport. Aimable Elisa ! commen-
cerais-tu à jouir du bonheur. Oui.
Pour toute réponse ? ta mère te
reçoit auprès d'elle ; tu vas revoir
Amédée : puisse Clotilde ne pas
détruire ces premiers instans de ta
félicité !

Il y avait une heure que la comtesse était partie lorsque Clotilde
se présenta chez elle.

Où est ma mère ? dit-elle à
Berthilie. — Je l'ignore , mademoiselle. — Est-elle passée à l'appartement d'Elisa ? — Non , la douce
Elisa n'est point chez elle. — Ma-

dame l'a emmenée. — Emmenée !
dites-vous , Berthilie ? Emmenée !
mais comment ? — Madame est
partie dans sa voiture. — Où sont-
elles allées, Berthilie , vous devez le
savoir ? — Oui , j'étais présente
au moment de leur départ. — La
comtesse , hier était encore malade.
— Si vous fussiez venue demander
de ses nouvelles aujourd'ui , vous
eussiez appris qu'elle était beaucoup mieux. — Prétendez-vous
me donner des lois ,? — Je vous
rappelle à celles de la nature.
— Je vous ordonne de me dire
en quel lieu la comtesse est allée.
— Cela m'est défendu. — A-t-on
reçu quelques lettres ? — Je ne
puis vous le dire. — Elisà est avec
la comtesse ! — Cela vous surprend ? — Beaucoup. — Il est si

rare ! A toutes choses , vous le
voyez , il y a commencement. Il
faut espérer qu'un jour on rendra
justice au bon cœur de cette charmante enfant. Clotilde était fu-
rieuse ; en vain elle cherchait à se
contraindre. Berthilie voyait la
colère dans les yeux de sa maîtresse. Reviendront-elles aujour-
d'hui , prononça Clotilde avec
plus de douceur ? — Cela est
possible. — Doivent-elles ramener
quelqu'un ? — Je ne suis point
dans leur confidence ; et j'aurais
l'honneur d'y être , que vous n'en
sauriez pas davantage. Clotilde
voulut encore insister ; mais Berthilie lui tourna le dos, et la laissa
au milieu de l'appartement de la comtesse.

Qu'il est affreux de se trouver

seul avec ses remords ! Clotilde
en éprouve-t elle ? Oui ; mais ils
ne seront point salutaires. Ce ne
sont que les regrets d'un crime
infructueux ; car elle est bien
convaincue que la comtesse connaît la retraite où son fils a trouvé
un azile. Comment a-t-elle acquis
cette triste conviction ? Voilà ce
qu'elle ignore. Elle se perd dans
ses réflexions ; elle y est profondément absorbée : mais le bruit de
plusieurs voitures qui entrent par
la grande porte du château la
fait revenir à elle-même : elle
frémit, dans la crainte de revoir
Amédée et sa mère. Songeant
ensuite au peu de tems qui s'est
écoulé depuis son départ, elle
ouvre la croisée qui donne sur le
grand balcon , regarde et voit

descendre Casimir de sa voiture.

Tel qu'un scélérat, près de tomber au pouvoir des agens de la justice, éprouve une joie féroce à la vue de plusieurs de ses complices; telle est Clotilde, qui sent renaître son courage à la vue de son frère. Il va sans doute lui fournir quelque moyen de sortir d'embarras.

Elle court à Casimir, lui raconte précipitamment tout ce qui s'est passé depuis son absence, lui fait entrevoir le péril qui la menace si Lémerik a effectué l'affreux projet qu'ils ont conçu de faire conduire Amédée dans le château de Rocfort.

Casimir, non par sensibilité, mais par prudence, blâme ces mesures : il en craint les suites funestes; il faut attendre le retour de la comtesse. Espérons, dit Clotilde, que Lémerik, fertile en expédiens, saura inventer quelque mensonge adroit pour nous tirer de ce pas dangereux.

Casimir rend comte à sa sœur de tout ce qu'il a éprouvé à la cour de Savoie; il lui peint son amour pour Adélaïde, et la fureur jalouse qui l'anime contre celui qu'il appelle l'heureux Ferdinand. Il lui annonce qu'Adélaïde est en proie au plus mortel chagrin, et lui fait part de tout ce qu'il a tramé pour la perdre. Il forme mille plans pour perdre aussi son rival, et ne peut encore s'arrêter à aucun. La nuit les surprend dans cette criminelle occupation. Ils se séparent, et vont chercher dans le sommeil un repos que jamais le coupable ne peut trouver.

~~~~~~~~~~~~~~~~~~~~~~~~~~~~~~~~~~~~~~

CHAPITRE XIV.

Que les pleurs d'une amante ont de puissans discours ;
Et qu'un bel œil est fort avec un tel secours.

LES HORACES , acte 2.

CASIMIR , par son départ du
château de plaisance du comte de
Savoie , avait laissé à Ferdinand
l'espoir le plus flatteur. Fêté , chéri
à la cour du père d'Adélaïde , l'a-
venir s'offrait à lui sous les plus
rians auspices. Dans le bal qui sui-
vit le tournois , il fut le chevalier
de celle qu'il adorait. Son triomphe
sur ses rivaux lui laissait tout droit
à ce bonheur. Mille fois , dans cette
soirée délicieuse , il osa exprimer

par ses regards le serment de fidélité
qu'il avait fait à la belle-Adélaïde peu
de jours auparavant.

Toute la cour admirait ce couple
aimable, et les amans que le rang,
les vertus et la beauté attachent à
ses pas, redoutent Ferdinand, sans
pouvoir s'empêcher de lui rendre
justice. Cependant le départ de Casimir vint donner à la charmante
Adélaïde des pressentimens cruels.
Une voix semble lui dire: Infortunée! tu vois ton amant peut-être
pour la dernière fois. Les pleurs
échappent de ses beaux yeux; c'est
en vain qu'elle veut les cacher à
celui qui en est l'objet. Il la rassure,
et lui fait pressentir que son frère est
incapable de vouloir traverser leur
bonheur.

Le bal, terminé trop tôt pour

l'amoureux Ferdinand , le force à
se retirer. Rentré dans son appartement , il ne peut se taire , et
son écuyer devient son confident.
Ah ! mon cher Berthol , lui dit-il,
conçois-tu mon bonheur ? — Parfaitement , seigneur. — Mon ami ;
qu'elle est belle ! — C'est un cri
général. On dit plus. — Que
dit-on ? Qu'elle est bonne , sensible ; et voilà les qualités qui
donnent la véritable félicité. Je
souhaite que vous puissiez la goûter un jour. — Je l'espère. — J'ai
des craintes. — Quelles sont-elles ?
— Vous avez des rivaux. — Je le
sais. — Un bien dangereux surtout. — Tu veux parler de mon
frère ? — Oui , seigneur. — Il n'est
pas aimé d'Adélaïde. — Le comte
de Savoie le protège visiblement.

— Le comte aime sa fille ; il n'or-
donnera point son malheur ; et s'il
voulait contraindre son inclina-
tion... — Connaît-on, dans les cours
le pouvoir de la tendresse mu-
tuelle, L'ambition décide de la
destinée des époux. — Tu me fais
trembler. — Le fils aîné de la
maison de Hapsbourg peut obtenir
la préférence : quels seront vos
regrets ! Tenez, mon cher maître, ne nourrissez point un espoir
chimérique. Tandis que le trait
de l'amour n'a fait qu'effleurer votre
cœur, ne le laissez point s'enfoncer, et songez à ce que vous devez
craindre d'un frère jaloux et vindicatif, qui, plus que vous, possède
l'amitié de la comtesse votre mère.
Je vous afflige ; pardon, mon
excuse est dans mon attachement.

Ce pauvre Berthol semblait prévoir les malheurs qui menaçaient son jeune maître ! En effet deux jours après les fêtes, Ferdinand, de retour au palais de Chamberi, ne voit point paraître Adélaïde, et ne peut en deviner la cause ; il espère la voir, dans la soirée au cercle qui se tient chez le comte, il est encore trompé dans ses plus chères espérances, Amédée de Savoie ne reçoit personne. En vain Berthol interroge les femmes de la suite d'Adélaïde, toutes gardent le silence ; Berthol est étonné de cette discrétion ; mais, comment l'instruire ? on ne sait rien. Ferdinand, au desespoir, ne peut plus goûter de repos; mille soupçons l'agitent, il se couche, ne dort point, et son écuyer, l'honnête Berthol, qui a passé l'âge où l'enfant de Vénus trouble la raison ét ôte le sommeil, est obligé de tenir la conservation avec son maître, ou plutôt de jouer, sans le savoir, au propos interrompu. — Dors-tu, Berthol? — Aïe ! je dormais profondément, quand vous m'avez appelé. — Je ne pourrais survivre à ma disgrace. — J'ai peine à résister au sommeil, dit d'une voix assoupie le pauvre écuyer. — Quelqu'un m'a desservi dans l'esprit du comte. — Oui, pendant les fêtes vous vous faisiez une douce illusion. — Et qui te parle de fête? Je gémis, je soupire. — Oui, oui, la belle Adélaïde a droit à tous les hommages. — Ce ne peut être Casimir. — Le seigneur Casimir est

ici ? dites-vous, je ne l'ai point vu.
— Le monstre ! si son départ pré-
tendu n'eût été qu'une fausse ruse
pour enlever celle que j'adore ?
— L'enlever ! gardez-vous-en bien,
seigneur, nous serions perdus.

Ferdinand, voyant que son écuyer se rendormait et qu'il ronflait
de toutes ses forces, prit le parti de
se taire et d'attendre le lever du
soleil pour renouveler ses questions.

Il n'arrivait point assez vîte au
gré de son impatience ; enfin
l'aurore matinale vint dorer les
montagnes, et Ferdinand se leva
avec sa douleur et son amour. Des
croisées de son appartement il
apercevait un coup-dœil enchan-
teur pour tout autre que pour un
amant malheureux. La vue de la

superbe forteresse de Mont-Mé-
lian, située à trois lieues de Chamberi, offre un aspect imposant
par la hauteur du roc sur lequel
elle est bâtie. Ferdinand est frappé
de terreur en la regardant; un
pressentiment affreux semble lui
dire : Cet asile inabordable doit
renfermer un jour l'amante la plus
tendre et la plus fidelle; il frémit
involontairement, et quitte sa
croisée pour descendre dans les
jardins; il s'enfonce dans un allée
qui le conduit au parc, et s'abandonne à ses rêveries.

Qui eût pu dire, en le voyant :
Voilà le preux Ferdinand, que
l'on conduisait, il y a quatre jours
en triomphe; il jouissait de toute
la gloire à laquelle un chevalier
peut prendre; aujourd'hui, plongé

dans la plus profonde douleur,
il ne lui reste qu'à gémir.

Amant infortuné, tu n'es pas
seul à plaindre ! Adélaïde éprouve
le même sort. Tandis que vous
livrant à d'innocens plaisirs, vous
goûtiez tous deux les charmes d'un
vertueux amour, le crime levait
sa tête hideuse, et la calomnie,
armée de son glaive à deux tran-
chans, creusait un abîme sous vos
pas

Ferdinand marchait sans trop
savoir quel était le but de sa
promenade; il se trouva, sans le
chercher, tout près d'un bâtiment
antique, ombragé par d'épais marronniers. Ce lieu paraît fait pour
un amant malheureux. L'épaisseur
du feuilliage lui cache la voûte
azurée du ciel, dont l'éclat fatigue

des yeux remplis de larmes : le
chant des oiseaux qui voltigent
de branche en branche semble lui
parler du bonheur qui l'attendait ;
le murmure d'un ruisseau limpide,
qui baigne les murs de ce vieux
manoir que la main du tems a
respecté, est d'accord avec le murmure de son cœur : cependant dans
ce lieu solitaire, Ferdinand se croit
moins infortuné; tout ce qui l'entoure
semble prendre part à sa tristesse ,
et son cœur bat avec moins de
violence

O vous, ames sensibles , pour
qui l'amour fut un tourment, si
la vive douleur que l'amant d'A-
délaïde éprouve a pu toucher
votre cœur , je dois vous faire
entrevoir un faible rayon d'espérance !

Le comte de Savoie avait fait re-
pandre le bruit que sa fille devait
partir pour la cour de Louis IX,
et que ce voyage avait pour but
son mariage avec Robert, comte
de Clermont, en Beauvoisis : ce
prétexte n'était point assez plausible pour les gens de la cour, qui
savaient de quelle manière se
traitent les alliances entre les souve-
rains : mais la multitude y ajouta
foi.

Que fit l'amoureux Ferdinand, lorsque ce bruit parvint jusqu'à lui. Il résolut de quitter la Savoie pour se rendre en France. Il voulait revoir son
amante, lui rappeler ses sermens, et
repartir ensuite s'il la trouvait infi-
dèle.

Déjà Berthol a reçu l'ordre de
préparer tout pour le départ ; mais

Tome I. G

Ferdinand éprouve la plus grande douleur en pensant à quitter
les lieux où, pour la première
fois, il a connu l'amour. Les amans
sont un peu fous : souvent aussi leur
délire les sert mieux que la raison.

Avant d'abandonner Chamberi,
lenôtre voulut y laisser des preuves
de sa tendresse. L'allée des marronniers a pour lui un charme qu'il ne
peut définir. Le matin de son départ
il s'y rend ; là, avec la pointe de
son épée, il grave sur l'écorce
d'un arbre le nom chéri d'Adélaïde et le sien. Tout entier à cette
douce occupation, il semble avoir
oublié sa douleur, lorsque les sons
d'un luth frappent son oreille. Il
écoute et reconnaît la voix d'Adélaïde : ses paroles exprimaient la
douleur.

Soleil majestueux, tu commences ta
      course,
Et tes divins rayons viennent frapper nos
      yeux :
Mais, hélas! de mes maux rien ne tarit la
      source,
Et la nuit des tombeaux est l'objet de mes
      vœux.
    Tout s'anime dans la nature,
    Et semble encore augmenter mes regrets.
Mon cœur, d'une volupté pure
Ne retrouvera plus les innocens attraits.

    Le zéphyre amoureux
    Caresse le feuillage ;
Un limpide ruisseau va dans son cours heureux
    Caresser le rivage;
    Le vent dessèche la rosée,
Qui le matin vient embellir les fleurs ;
    Mais d'une amante infortunée
Jamais, jamais, rien ne tarit les pleurs.

Des oiseaux enchantés j'écoute le ramage;

   Aimables chantres des forêts,

Vous ne connaissez point les tourmens, les regrets,

   Qui, dans ce jour, sont mon partage.

Déjà le rossignol célèbre ses plaisirs;

Mais j'entends près d'ici plaintive tourterelle:

Je ne puis, comme lui, voir combler mes desirs;

   Mais je puis bien gémir comme elle.

La voix avait cessé de se faire entendre, et Ferdinand écoutait encore. C'est Adélaïde, il n'en peut douter; elle est enfermée dans l'antique tour; nulle apparence de porte, nulle croisée, il examine attentivement et voit à douze pieds de hauteur quatre barreaux de fer; il appelle, on ne répond point; il a recours à la romance, ressource ordinaire des plaintifs amans. Adélaïde reconnaît cette voix chérie; le bout d'une écharpe blanche est bientôt passé à travers les barreaux de la prison de l'infortunée ; et si les amans ne peuvent se voir, ils se racontent tout ce qui leur est arrivé depuis le tournois. Ferdinand fait le serment de sauver celle qu'il adore : mais comment y réussira-t-il ? Un désespoir affreux suit tous les projets qu'ils forment. Pour l'accroître encore, le bon Berthol, qui cherchait partout son maître, le trouve enfin dans l'allée des marronniers, et lui apprend que le comte vient de partir pour Ripaille (1), et qu'il a donné l'ordre à tous les

(1) Ripaille est célèbre par la retraite d'Amédée qui y menait une vie délicieuse. C'est là ce qui a donné lieu au proverbe *faire ripaille.*

étrangers de quitter sa cour ; il
ajoute que le jeune de Lusignan
vient aussi de partir. On m'ordonne de m'éloigner, s'écrie Ferdinand, et mon Adélaïde est dans
les fers ! Cruelle position ! Que
devenir ? — A qui parlez-vous
donc, mon cher maître ? Qui vous
a appris que celle que vous aimez
n'est point dans ce moment en
route pour la France ? — Elle est là.
—Dans cet antique manoir?—Oui.—
— Vous l'avez vue ? — Non, mais
sa voix a frappé mon oreille ; il
faut mourir ou sauver celle que
j'adore. — Par quel moyen ? —
Eh ! puis-je te le dire, quand la
fureur bouleverse ma raison ?
Berthol, mon cher Berthol, j'ai
besoin de ton zèle, de toute ton
adresse. — Point de porte de ce

côté! Comment s'introduire dans cette prison ? gagner le geolier. Comme il disait ces mots , Ferdinand voit flotter l'écharpe blanche , elle descend ; mais elle n'arrive point assez bas pour permettre au jeune homme de la prendre , plusieurs pierres sont mises les unes sur les autres dans le petit ruisseau , et arrêtent pour un moment son cours limpide ; elles ne peuvent encore l'élever autant qu'il le désire : un pied de distance est peu de chose , Ferdinand s'élence, et saisit l'écharpe , mais , en retombant sur les pierres , son pied porte à faux , et la plus violente chute le laisse sans connaissance au bas de l'endroit où gémit Adélaïde.

Berthol prodigue à son maître les plus grands soins , et le con-

duit ou plutôt le porte, dans la
maison du gardien du parc ; il
revient bientôt à la vie, et veut
qu'on lui rende l'écharpe qui a
causé son accident. Berthol s'en
était emparé ; il la lui donne. Ferdinand cherche dans les plis, dans
le nœud, s'il n'y a point quelque
papier. Juste Ciel ! que devient-il,
en apercevant du sang avec lequel
Adélaïde avait tracé ces mots sur un
des pans de l'écharpe.

» Je suis victime du plus af-
» freux complot ; mon père m'ac-
» cuse de vous aimer ; je n'ai point
» hésité à lui avouer mes senti-
» mens pour vous, je m'en fais
» gloire ; j'ai hautement refusé le
» seigneur Casimir pour époux ;
» ma hardiesse a excité la colère
» de l'auteur de mes jours, une

» lettre anonyme a mis le comble
» à mes malheurs. On parle d'un
» rendez-vous qui a eu lieu dans
» un bosquet la nuit qui a suivi
» celle du bal. Je n'ai point de
» moyens de réfuter cette accu-
» sation atroce ; mon père m'a
» fait traîner dans cette horrible
» tour avec l'infortunée Zélie, qui
» partage mon sort : un geolier
» barbare nous surveille ; je n'ai
» pu obtenir ni plume ni papier,
» et je me suis vue forcée de vous
» tracer , avec du sang , le récit
» succinct de mes malheurs ; je
» ne vous dirai point de vous
» occuper de la délivrance de la
» triste Adélaïde ; mais bien de
» fuir et d'aller chercher un bon-
» heur qui ne peut exister pour
» nous. »

· Moi, t'abaudonner, chère Adélaïde ! s'écrie Ferdinand : pré-
sumes tu tant de lâcheté de la part
de ton amant ? Non, non je bri-
serai tes fers. Il avait laissé échap-
per ces paroles devant la femme
du gros Maurice , jardinier du
comte , homme aussi lourd d'esprit que de corps , et dont la chère
moitié était aussi curieuse que
bavarde. Que parlez-vous d'Adélaïde, lui dit Célestine ? Seriez-vous
son parent, son ami, son amant ?
Ah ! la bonne dame ! elle n'est pas
fière ; elle est de plus aussi bienfaisante qu'elle est belle Je fais
l'éloge de son cœur ; car , parmi
toutes les Savoyardes , elle n'a pas
sa pareille. Vous versez des larmes, cher chevalier. Si je pouvais
vous être utile.... Parlez , dispo-

sez de moi. Je suis obligeante ;
c'est un devoir ; curieuse, il faut
l'être quand on veut rendre service ; discrète, ah ! discrète ; j'en
ai toujours donné des preuves ;
mon mari même ne saura rien de
ce que vous m'aurez dit. Maurice
est un brave homme, incapable
de faire du mal à qui que ce soit :
cependant il est un peu simple, un
peu nigaud; mais je l'aime beaucoup, parce qu'il a grand soin
de mes enfans, qui ne sont pas
les siens ; car il est bon que vous
sachiez une chose : quand je l'ai
épousé, j'étais veuve de mon troisième mari ; je n'avais encore que
trente-six ans ; j'ai apporté à
Maurice en mariage quelques
écus et quatre enfans beaux comme
l'amour; vous les verrez, mon-

sieur le chevalier ; vous les verrez ; tout le monde dit qu'ils me
ressemblent. Mais revenons à
vous, à mademoiselle Adélaïde ;
j'aurais bien encore d'autres choses
à vous dire sur mon compte ;
cependant il est tems de finir ; je
ne suis point bavarde, car c'est
une chose horrible, suivant moi,
que d'entendre des femmes qui
ne peuvent retenir leur langue ;
on s'en moque, on les raille, on
fait très-bien ; je parle peu, mais
sagement ; je n'ai jamais dit en
ma vie u n eparole inutile ; ainsi,
beau chevalier, je vous laisse
maintenant le maître de garder
votre secret ; je dois seulement
vous prévenir que vous ne trouverez pas une femme plus obligeante, plus discrète, et sourtout

plus silencieuse que moi. Elle
acheva l'énumération de ses rares
qualités avec tant de volubilité que
la voix lui manqua totalement, et
permit enfin à Ferdinand de s'ex-
pliquer.

Je suis reconnaissant, ma chère
madame Maurice, de l'intérêt que
vous prenez à mon sort; mais,
hélas! vous ne pouvez rien. La
belle Adélaïde est enfermée dans
un antique manoir qui est au bout
de l'allée des marronniers. — Je
ne puis rien! moi! ah! je vois
bien que vous ne me connaissez
pas encore; mais patience, patience,
cela viendra; j'ai dans ma vie
arrangé vingt affaires d'amour, en
tout bien, tout honneur, car,
voyez-vous, je puis marcher tête
levée, mes trois maris défunts

n'ont jamais eu un seul mot à me dire sur cet article : Maurice même , quoi qu'il soit très-borné, n'a pas eu encore la plus petite infidélité à me reprocher.

Ma chère , lui dit Berthol , nous croyons à vos vertus, mais si vous parlez toujours, nous ne pourrons rien vous dire. — Je me tais. — Eh bien! reprit Ferdinand , si vous voulez me servir , il faut d'abord que vous me disiez par quel endroit on peut arriver dans l'intérieur de la prison d'Adélaïde. — Par le palais. — Quel est le geolier ? — Un diable : rien ne peut l'intéresser que le vin et l'argent. — Nous lui prodiguerons l'un et l'autre. — Vous êtes riche ? — Assez pour bien récompenser ceux qui me serviront. — Comp-

tez sur mon zèle : je suis déjà au
fait de ce qui vous regarde. Vous
êtes un des chevaliers du tournois.
La charmante Adélaïde vous a plu ;
cela ne pouvait pas manquer. Vous
lui avez déclaré votre amour ; c'est
de droit. Elle y a répondu ; c'est
naturel. Vous l'avez demandée à
son père ; il vous la refusée ; c'est
triste. Elle est dans les fers, parce
qu'elle vous aime : vous devez en
éprouver une grande douleur ; car
autrement vous seriez un ingrat.
Il faut donc l'arracher à l'escla-
vage ; voici le moyen que j'ai à
vous donner : prêtez - moi , monsieur, le chevalier, la plus grande
attention.

Ferdinand , les yeux fixes , la
bouche entr'ouverte , se recueillait
pour ne pas perdre un seul mot.

Il espérait que , dans le tourbillon des paroles de madame Maurice, il pourrait peut - être s'en trouver quelques - unes qui lui seraient avantageuses.

Déjà , monsieur le chevalier, je suis femme. — Il paraît , murmura tout bas Berthol. — Sensible, mais vertueuse. — Vous nous l'avez déjà dit. — Je veux bien vous être utile ; mais si nous parvenons , vous par votre générosité , moi par mon adresse , à sauver votre chère Adélaïde , vous ne l'emmènerez point avec vous ; elle restera cachée ici jusqu'à l'instant où vous aurez pu calmer la colère de son père , et vous ne parlerez jamais à la jeune personne qu'en ma présence. Si cela vous arrange , dites-le moi. —Oui,

ma chère. — Eh bien ! demeurez
ici tranquille pendant toute cette
journée; et ce soir, après le cou-
cher du soleil, nous irons ensemble trouver le geolier : il est mon
parent. — Mais mon habit de
chevalier ! — Vous en prendrez
un de garde-chasse. Laissez-moi
faire. J'ai mon fils aîné, joli
garçon, fait pour aller loin ; c'est
mon portrait : je vous ferai passer
pour lui ; et comme le gardien du
manoir ne l'a jamais vu, il vous
sera facile.... Elle ne put en dire
davantage, le gros Maurice ren-
tra. Il fut surpris de trouver sa
femme en si belle compagnie,
fit plusieurs questions auxquelles
elle repondit comme elle voulut,
et de manière à ne lui donner aucun soupçon sur l'emprisonne-

ment d'Adélaïde , ni sur l'amour
du jeune homme. Maurice parut
satisfait , se fit apporter quelques
bouteilles de vin , les but et
s'endormit dans un grand fauteuil,
qui avait servi aux trois maris
précédens de la silencieuse Célestine. Elle reprit sans doute son
ample conversation sur les projets
de délivrance : mais comme elle
parlait très-bas , dans la crainte
de réveiller Maurice qui ronflait
et faisait même un bruit fatigant,
nous laisserons à Ferdinand , qui
était près d'elle , le soin de raconter lui-même quel a été le
résultat des belles promesses de
sa bavarde : et nous irons , avec
le lecteur , si cela l'intéresse , au
château de Hapsbourg ; ensuite
nous partirons pour la chaumière

du respectable Isidore, où nous avons laissé Amédée au pouvoir du méchant Lémerik. Espérons que la prudence du bon laboureur, et l'amour de la tendre Anna, sa fille, lui serviront encore d'égide.

~~~~~~~~~~~~~~~~~~~~~~~~~~~~~~~~~~~~

CHAPITRE XV.

La peine , la douleur , la honte , le trépas,
Doivent , en le voyant , accompagner ses pas.

B.

LE trouble et l'épouvante régnaient dans l'ame de Clotilde , et l'espoir de la plus horrible vengeance tourmentait Casimir. Il quitte son lit, dont le sommeil n'avait point approché , et se dispose à mettre à exécution les résolutions qu'il a formées pendant la nuit. Pour réussir dans ses desseins, il faut que l'empereur d'Allemagne le seconde.

Déjà il lui a écrit , afin de le disposer à demander pour lui la main d'Adélaïde. Il en a reçu une réponse favorable, mais il faut perdre totàlement le rival qui met obstacle à son bonheur.

Adélaïde de Savoie est dans les fers; mais Ferdinand est libre. Il est brave, courageux, intelligent; il va tout employer pour sauver l'amante qu'il adore : et quand l'amour n'aurait pas un empire absolu sur le cœur de la fille du comte Amédée, la plus vive reconnaissance assurerait la conquête de Ferdinand.

Il faut donc ravir à celui-ci tous les moyens de sauver sa maîtresse ; et ce n'est qu'en le privant de la liberté qu'il peut réussir.

La cour de l'empereur Rodolphe n'était pas tranquille.

Un nommé Wassberg, que Rodolphe de Hapsbourg avait élevé à l'une des premières dignités de l'état, résolut de perdre son prince et de se faire élire à sa plaee. Son projet échoua le jour même où il crut toucher au but que, depuis long-tems, une ambition démesurée lui faisait apercevoir. Il fut arrêté, chargé de fers, et précipité dans les prisons de Neustadt. (La cour de l'empereur résidait alors dans cette ville.) On instruisait le procès de cet homme, qui ne voulait nommer aucun de ses complices. Casimir formant la résolution de se servir de lui, et de faire passer son frère, l'infortuné Ferdinand, pour le chef de la conjuration. L'empereur, se disait-il, ne le condamnera point

à mort; l'honneur de notre nom ;
celui du trône, m'en répondent,
mais un exil éternel me vengera
de mon rival, et me laissera du
moins l'espoir de posséder Adélaïde.

Ce plan lui offrait de grandes diffi-
cultés; mais le crime est fertile en
expédiens, et dans le sentier du
vice il n'est que le premier pas
qui coûte : depuis long-tems Casimir l'avait fait.

Il appelle Offmann, son premier
écuyer, le même dont il s'était
servi au château de Savoie pour
contrefaire l'écriture de Ferdinand.

Offmann, m'es-tu dévoué? lui
dit-il en le voyant entrer dans
son cabinet. — Oui, seigneur. —
Tu sais tout: l'amour que je res-

sens pour la charmante Adélaïde.
— Eh bien ! que faut-il faire ? —
Prends cette bourse. — J'accepte.
— Tu vas me servir aveuglément.
— Mon devoir, vos dons, mon
attachement vous assurent de ma
fidélité. — Et ta vie est le garant
de ta discrétion.

— Ordonnez, seigneur : dois-
je repartir pour Chamberi, bri-
ser les fers de la belle Adélaïde?
l'enlever ? la faire conduire secrètement dans le château de Rocfort ?

— Non ; Adélaïde est maintenant
bien où elle est ; je ne veux point de
violence : son père, avant peu, me
l'offrira lui-même.

Tu imites parfaitement l'écriture de mon odieux rival; je
suis au fait du grand procès de

la conspiration de Wassberg contre
l'empereur Rodolphe mon frère ;
il faut que Ferdinand soit censé
être le principal auteur de ce grand
complot.

— Mais, seigneur, comment
ferez-vous ? — Le voici : tu vas
écrire plusieurs lettres sous ma dic-
tée.

Offmann, devant le bureau de
son maître, écrit promptement les
deux lettres suivantes:

Du château de Hapsbourg, le 10 juin 1278.

« Mon cher Wassberg, je pars
» en ce moment pour la cour de
» Savoie, où je sais que plusieurs
» nobles, mécontens du règne de
» l'empereur Rodolphe, se sont
» retirés : je vais tâcher de les
» réunir à notre parti. Vous,

Tome I.   H

» pendant le tems que je serai
» forcé de rester à la cour d'A-
» médée, entretenez avec acti-
» vité et secret le feu de la dis-
» corde qui doit allumer la guerre
» parmi les sujets de l'empereur.
» Instruisez-moi de tout ce qui
» se passe par le messager ordi-
» naire, et tâchez surtout que la
» perte d'un frère ambitieux soit
» bientôt le signal de mon triom-
» phe. »

FERDINAND DE HAPSBOURG.

Fort bien, dit Osmann, mais que
ferons-nous de ces lettres?

Continue, lui dit Casimir; je
n'aime point les réflexions.

De Chamberi; le 17 juillet 1278.

« Je suis en Savoie depuis plus
» d'un mois, et j'ai reçu les

» dépêches que vous m'avez en-
» voyées à Hapsbourg : elles me
» sont arrivées intactes , et j'ai
» vu avec plaisir que nos plans
» auront leur entière exécution.
» Ne comptez sur aucun des
» nobles dont je vous ai parlé
» dans ma lettre datée du 10 du
» mois dernier ; ils sont trop
» lâches pour nous servir , et j'ai
» été trop prudent pour leur
» faire aucune confidence dange-
» reuse. Je compte partir aussi-
» tôt après le tournois. Je serai
» à Neustadt , au plus tard , le 20
» septembre. Soyez prêt à agir le
» 25 du même mois. J'embellirai
» le trône d'une femme char-
» mante. Adélaïde de Savoie est
» bien faite pour porter une cou-
» ronne. Comme elle est instruite

» de tous mes projets ; elle m'en-
» gage à vous assurer de sa pro-
» tection. »

FERDINAND DE HAPSBOURG.

Quel homme ! dit en lui-même
Offmann : mais il me paie bien,
et l'intérêt fut toujours ma devise.
— Nous allons partir pour
Neustadt. — Juste ciel ! cent quatre-
vingts lieues ! — Nous y serons
dans dix jours. — Oui, seigneur.
— A peine arrivé, je me présente à la prison de Warsberg :
l'or surmonte toutes les diffi-
cultés. Je promets la vie à cet
homme, dont on ne doit terminer
le procès que dans deux mois.
Je l'instruis de mes desseins. Je
lui remets ces deux lettres ; ensuite
je détermine Rodolphe à lui faire

subir un troisième interrogatoire, pour connaître à fond tous ses complices. Il dépose, comme malgré lui, les preuves de la perfidie de Ferdinand , à qui , dira-t-il, il a voué un zèle inviolable. — Seigneur , il se condamne par cet aveu. — Je le sais ; mais la nuit qui suivra l'interrogatoire, je lui procure les moyens de fuir. Il est sauvé , et Ferdinand est perdu.

Voilà un plan bien noir, bien conçu : reste à savoir si nous pouvons l'exécuter. Casimir alloit lui répondre , lorsqu'on vint jui dire que les chevaux étaient prêts.

Muni d'or , de ce métal corrupteur qui sert plus souvent à faire commettre des crimes qu'à récompenser les vertus, le fratricide Casimir s'éloigne de Hapsbourg, après avoir annoncé à Clotilde le sujet de son départ, et la laisse dans la plus cruelle incertitude sur le compte d'Amédée et de sa mère.

CHAPITRE XVI.

Au lever du soleil une ame tendre et pure
Adore l'Éternel , admire la nature.
B

AMÉDÉE , qu'un paisible sommeil
avait entièrement rétabli , ouvre les
yeux , et voit de loin les montagnes
dont la neige couvre , presque en
tout les temps , la cime majestueuse.
Son premier soupir est pour l'Éternel ; le second appartient à sa mère ,
et le troisième est pour sa chère
Anna. O fille céleste ! s'écrie-t-
il dans un sincère attendrissement ,
tu m'as sauvé la vie , désormais
mon cœur est à toi pour toujours.

Il se lève et court se jetter dans les
bras du bon Isidore, qui, ce jour
n'était point allé lui-même aux
champs. Il lui fait mille questions
sur son sort ; il ne le croit pas
né dans la classe des cultivateurs.
L'éducation qu'a reçue Anna annonce de la noblesse dans l'ame
de celui qui l'a élevée. Isidore
veut éluder. Le jeune homme est
pressant. Isidore lui dit enfin :
Je suis un noble français, nommé
Raoul-de-Saint-amand. Je jouis-
sais dans ma patrie de la haute
considération qu'a droit d'attendre un seigneur de tous ses
vassaux, dont il rend les jours
heureux.

Mais, à l'instant où la fureur
des croisades était à son comble,
je refusai ouvertement de partir,

ne voulant pas abandonner mes vassaux, qui étaient mes enfans, pour aller égorger sans pitié les malheureux Sarrasins, dont le seul crime était de vivre conformément à la loi de leurs pères. Instruisons-les, répétais-je sans cesse, mais ne les assassinons pas. La persécution procure toujours de nouveaux prosélytes au parti persécuté.

Enfin, malgré ce principe d'une sage tolérance, on ne voulut rien entendre ; et, pour la troisième fois, je fus sommé de me rendre sous les murs de Carthage, dont Louis IX devait aller faire le siège. Inébranlable dans mes principes, je ne voulus point, au nom d'un Dieu de paix , aller massacrer mes frères. On m'accusa de rebellion. Mes biens furent saisis. Je me vit obligé de fuir avec mon épouse et ma jeune fille, encore au berceau. J'emportai avec moi autant d'or qu'il me fut possible, et vins m'établir dans le hameau de Lenni. C'est un des plus riants de la Suisse, par son site agréable qu'arrose la superbe rivière de l'Aar, dont la source est dans les glacières. C'est là que je vis depuis douze ans. Mon bonheur serait parfait, ajouta Isidore au jeune Amédée, en finissant son récit, si je n'avais perdu, il y a six années une épouse chérie qui avait abandonné avec courage les grandeurs et l'opulence pour accompagner un infortuné poursuivi par le plus affreux fanatisme.

O mon père ! s'écrie Amédée qui versait des larmes, je réparerai vos pertes. Je dois être possesseur d'un bien immense : en l'offrant à la généreuse fille à laquelle je dois la vie, je ne ferai qu'acquitter une dette sacrée. Regardez-moi déjà comme votre fils. Jamais, non jamais, je n'aurai d'autre épouse que la charmante Anna.

Il prononçait ce serment avec tout l'enthousiasme que peut donner un premier amour. Il était aux genoux d'Isidore, et serrait avec force sa main endurcie par le travail. Il ne voyait pas Lémerik, qui, par une croisée, regardait attentivement cette scène vraiment touchante pour tout autre que pour lui.

Il se disposait à entrer dans la chaumière, afin de parler du départ, et dans l'intention d'admirer Anna, sur laquelle il avait des projets, lorsqu'il vit venir de loin une voiture à quatre chevaux. Il ne pouvait encore distinguer à quel seigneur appartenait cet équipage. Mais que devint - il, lorsque l'objet de son inquiétude approchant lui fit reconnaître la voiture de la comtesse de Hapsbourg. Immobile comme un therme, il n'eut pas même la faculté de faire quelques pas. Cependant un rayon d'espoir le flatte encore. Si Clotilde.....
Oui, se dit - il, ce ne peut être qu'elle, la comtesse est malade. Ferdinand n'est point au château. Ces idées lui redonnent du cou-

rage. Il court à la portière de là voiture, ne donne pas au laquais de la comtesse le tems de l'ouvrir. O coup affreux ! Quel est son effroi, quand, au lieu de Clotilde qu'il espère voir, il aperçoit Elisa et sa mère !

La tête de Méduse ne produisit pas un effet plus terrible sur Phinée et ses compagnons, lorsqu'ils voulurent s'opposer à l'union de Persée avec Andromède, fille de Céphée, que la vue de la comtesse de Hapsbourg n'en produisit sur Lémerik. Tous ses plans étaient détruits. Amédée allait retourner au château ; et, pour la seconde fois, là victime du plus criminel complot était sauvée.

Il fallait que Lémerik se sauvât

lui-même de la défaveur que pouvait lui attirer une conduite si obscure.

En le voyant dans cet endroit, la comtesse est étonnée. Elle demande son fils. Lémerik lui montre la chaumière, lui offre la main et la conduit. Je ne peindrai point les transports de la mère, les caresses du fils; je ne parlerai point des pleurs délicieux que versait la sensible et touchante Elisa. Une bonne mère, un fils tendre, une sœur aimante qui liront ces mémoires, suppléeront à la faiblesse de l'écrivain.

Ce premier moment donné à la tendresse laisse à Lémerik le tems de se remettre de son trouble. Il compose sa figure, prend un masque hypocrite, et se dispose à répondre.

Me direz-vous , monsieur le gouverneur , pourquoi je vous trouve ici ? et quel est le mystère que vous m'avez fait ? J'ignorerais encore mon bonheur sans cette lettre (elle lui montre celle qu'il a reçue d'Amédée) , à mon adresse, et qu'on s'est permis de décacheter.

— Mon excuse , madame la comtesse , est dans mon respect. Un jeune garçon vient à votre château ; il veut absolument vous parler , culbute tous ceux qui s'opposent à son passage.... — Culbute, dit Colas qui était dans un coin de la chambre ! Mordienne ! c'est bien moi qui l'ai été , et joliment encore par une grande madame , qu'à l'air méchant, ah ! méchant.

— Paix ! lui dit Lémerik. — Je ne parle pas à vous , monsieur , c'est à ste dame qu'à l'air aussi brave

femme que le jeune seigneur Amédée est aimable. Faut bin qu'elle
sache comme on reçoit les gens
qui ont affaire à elle.

Lémerik était sur les épines.

Continue, dit la comtesse à Colas. — Eh bin ! m'y vlà.

Après que je me suis bin dis-
puté avec la grande méchante qui
se disait être vous , madame , la
vlà qui me dit : Insolent ! et veut
m'arracher ma lettre. Ah ! dame,
je ne fais ni une , ni quatre , je me
sauve à toutes jambes , et j'entre
dans le château. Vlà ce monsieur
qui me dit que vous êtes mourante. Il prend ma lettre, me donne
de l'or , et puis me fait mettre à la
porte par un grand homme qui
avait un habit chamarré de toutes
couleurs. M'est avis que ce que

j'apportais ne vous faisait pas grand plaisir. J'aurais bin mieux aimé que vous gardissiez votre or, et que vous me fisissiez un tantinet de politesse.

Lémerik, sans se déconforter, donna à entendre à la comtesse que le seul désir de lui causer une agréable surprise l'avait fait agir ainsi. Et d'ailleurs, lui dit-il, madame, l'état douloureux dans lequel vous étiez plongée nous causait de trop vives alarmes pour vous exposer subitement à apprendre une si heureuse nouvelle. Mon projet était de ramener le seigneur votre fils au château, de vous prévenir ensuite avec les plus grands ménagemens, et de vous éviter ainsi la fatigue d'un voyage qui nous eût fait tous trembler pour vos jours. Voici, madame, les seuls motifs de ma conduite, que mademoiselle Clotilde a daigné approuver. La précaution ne doit pas être regardée comme une faute, quand il s'agit de la noble et digne comtesse de Hapsbourg, dont l'existence nous est si chère.

Il mit tant de douceur dans son discours, qu'il persuada la mère d'Amédée de la sincérité de son zèle. Tout le monde parut satisfait, excepté la tendre et douce Anna, qui croyait apercevoir dans les regards du gouverneur quelque chose de farouche, surtout lorsqu'il fixait ses regards sur Amédée.

La comtesse de Hapsbourg, après avoir témoigné toute sa

reconnaissance aux hôtes obli-
geans qui avaient reçu son fils ,
se disposa à repartir , en sup-
pliant auparavant Isidore, pour
qui elle avait la plus grande
vénération , dé venir visiter son
château , et d'amener avec lui son
aimable fille.

Ce ne fut pas sans peine qu'Amédée
quitta son amie. Des pleurs bai-
gnaient ses yeux ; et la comtesse
s'aperçut que l'amour s'était rendu
maître du cœur de son fils. Elisa
témoigna le plus vif intérêt à la
charmante Anna. Elle la prit par
la main, et lui promit un attache-
men éternel, que rien n'a jamais pu
démentir.

Les ames vertueuses ont une
certaine sympathie qui les porte
les une vers les autres ; c'est un

charme puissant que l'on ne peut
bien définir : il est moins vif que
l'amour, mais il est moins durable.
Heureux celui qui connaît le prix
d'une tendre amitié ! Il cueille les
roses du plaisir ; et bien souvent
l'amour, pour une seule fleur,
nous offre mille épines que le tems
même n'a pas le pouvoir d'é-
mousser.

La comtesse est dans la voiture.
Elisa va s'y placer. Isidore et sa
fille conduisent Amédée ; ils l'ai-
dent à y monter, et les chevaux
partent au galop. Anna, qui
jusqu'alors avait montré le plus
grand calme, ne peut supporter ce moment douloureux. Elle
tombe sans connaissance dans les
bras de son père, qui, pour la
première fois de sa vie, paraît se

repentir d'avoir fait une action généreuse.

Cependant Anna revient à elle ;
elle porte un regard douloureux
sur la voiture , qui roule avec
vîtesse, en emportant l'objet de
son premier amour. Elle regarde
son père. Des larmes humectaient
les paupières du respectable auteur de ses jours. Elle rougit de
sa faiblesse , et regagne à pas
lents son asile : il est toujours celui
de l'innocence et de la vertu ; mais
sera-t-il encore long-tems celui du
vrai bonheur ?

Lémerik était parti du hameau
de Lenni une heure avant la com-
tessse. Il fallait qu'il prevînt Clotilde, afin qu'elle pût dire comme
lui. Il fit plus ; il poussa l'hypocrisie jusqu'a faire préparer une

fête par les habitans de Hapsbourg, dans laquelle on devait
célébrer le retour du jeune Amédée et e rétablissement de sa
mère.

Clotilde, à la tête de tous les
vassaux de la comtesse, vint féli-
citer son frère. Elle le serra dans
ses bras avec la plus grande apparence de tendresse, lui prodigua
les noms les plus doux ; et ce
voile artificieux trompa encore
la trop confiante Aménaïde, à
laquelle Clotilde annonça que Casimir venait de partir pour la
cour de l'empereur Rodolphe.
Elle fit pressentir qu'il était né-
cessaire qu'il y allât promptement
enfin, après plusieurs mots plus
captieux les uns que les autres,
elle apprit à cette mère infortunée

que Ferdinand est soupçonné d'être
le chef d'une conspiration qu'on a
découverte contre l'empereur Rodolphe.

Fin du premier volume.

www.ingramcontent.com/pod-product-compliance
Lightning Source LLC
Chambersburg PA
CBHW070843030726
47504CB00005B/1196